153일의 겨울

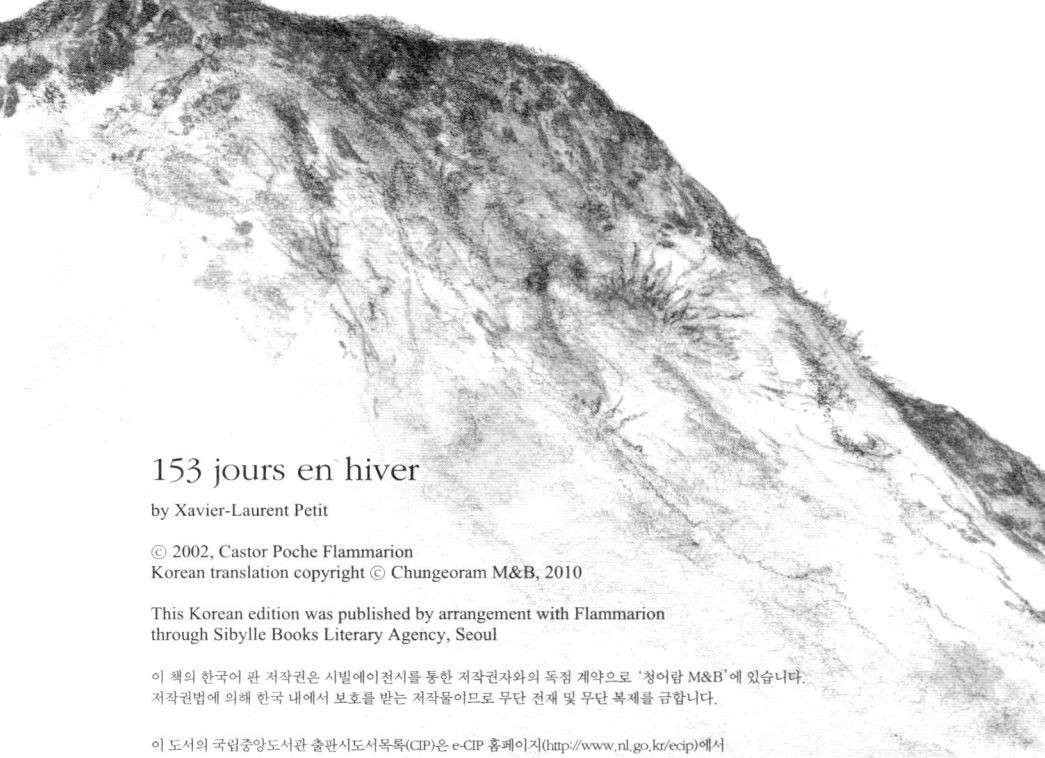

153 jours en hiver

by Xavier-Laurent Petit

ⓒ 2002, Castor Poche Flammarion
Korean translation copyright ⓒ Chungeoram M&B, 2010

This Korean edition was published by arrangement with Flammarion
through Sibylle Books Literary Agency, Seoul

이 책의 한국어 판 저작권은 시빌에이전시를 통한 저작권자와의 독점 계약으로 '청어람 M&B'에 있습니다.
저작권법에 의해 한국 내에서 보호를 받는 저작물이므로 무단 전재 및 무단 복제를 금합니다.

이 도서의 국립중앙도서관 출판시도서목록(CIP)은 e-CIP 홈페이지(http://www.nl.go.kr/ecip)에서
이용하실 수 있습니다. (CIP제어번호: CIP2010000076)

153일의 겨울

자비에 로랑 쁘띠 글 · 김동찬 옮김

차례

갈샨 9

괴물 트럭 15

이별 22

먼 길 28

첫 번째 날 32

첫 번째 경주 36

두 번째 경주 44

양 떼 48

그리움 53

손님 56

눈을 헤치고 60

검독수리 62

쿠다야 67

늙은이와 바다 74

작은 혁명 79

첫 비행 88

쿠다야의 자유 비행 90

최고장 95

죽음의 흰 가루 100

쭈트가 지나간 자리 108

양 떼 잃은 목자 114

길을 잃다 118

나무 늑대 122

서 있는 사람의 땅 125

혼자 달리는 말 131

야티스의 흔적 135

그 짐승 139

야티스! 야티스! 145

늙은이의 광야 147

한밤 154

쿠다야 어르신 158

봄 162

돌아온 일상 167

집으로 171

옮긴이의 말 176

이 책을 마농에게 바친다.

몽골과 검독수리 길들이기에 관해서 갈산 치낙과
댄 오브라이언의 책을 통해 많은 것을 배웠다.
두 저자에게 감사의 뜻을 표한다.

＊표시 — 옮긴이 주

갈샨

"언젠가 꼭 아빠를 따라갈 거야. 아빠를 따라서 나도 수천 킬로미터를 여행해 보고 싶어."

갈샨이 이렇게 말하면, 아빠 리함은 갈샨의 머리를 헝클어뜨리며 웃었다.

"너처럼 예쁜 여자애가 트럭을 타고 수천 킬로미터나 되는 길을 갈 수는 없어. 갈샨, 너도 알다시피 나는 아주 위험한 지역을 지나가야 해. 언제든 반군이 나타날 수 있기 때문에 항상 총을 가지고 다니지. 만일의 경우에……."

아빠가 이렇게 타이를 매면, 갈샨의 마음에는 멀고 험한 여정에 대한 그리움만 더 커졌다. 갈샨은 언젠가 아빠가 길을 떠나는 날, 아빠 차에 몰래 숨어들어야겠다고 생각했다. 갈샨이 차에 숨어 있는 것을 아빠가 발견했을 때쯤에는 이미 너무 멀리 떠나와서 집으로 되돌아갈 수 없을 것이다.

갈샨은 그날을 기다리며 일주일에 한두 번 버스를 타고 관광객이 많은 시내로 나가, 한 줌밖에 남지 않은 옛 거리를 돌아다녔다. 옛 거리 대부분이 철거되었고 그 자리에 고층 건물이 세워지고 있었다.

골목의 가게 안에서는 나무 냄새와 양고기 냄새가 났고, 눈을 반쯤 감은 늙은이들이 담뱃대를 물고 문 앞에 쭈그리고 앉아 있었다. 그네들은 돌처럼 딱딱한 치즈를 팔았다. 갈샨은 날라이크 구보다는 그곳, 옛날 동네에 살고 싶었다.

갈샨은 차가운 유리창에 이마를 댔다. 옆 유리창은 상자를 오린 두꺼운 종이로 메워 놓았는데, 남자애들이 축구공을 차 넣어 유리창을 깨뜨렸기 때문이다. 창밖의 풍경은 늘 똑같았다.

러시아인들이 짓고 있는 거대한 건물들이 철근 콘크리트의

녹슨 철골을 드러내고 햇빛 아래 빈둥거렸으며, 배기가스를 구름처럼 피워 내는 버스들은 이콰투루우 거리를 달렸다.

뒤에서 작은 신음 소리가 들렸다. 갈샨은 소스라쳐 해뜩 돌아보았다. 아무 일도 아니었다. 그저 한숨 소리였다. 다시 창쪽으로 돌아서려 할 때, 엄마가 둥근 배에 그러쥔 주먹을 얹고 철제 침대 위로 쓰러졌다. 섬뜩할 만큼 창백해진 다알라는 땀으로 흥건하게 젖은 얼굴에 미소를 지으려는 것처럼 보였다. 갈샨이 보기에는 그랬다.

"엄마!"

엄마의 가슴골이 커다란 주먹으로 얻어맞은 듯 깊이 들어갔다. 엄마의 몸은 구겨진 얇은 가죽 자루 같았다. 갈샨은 네 계단씩 건너뛰며 구르듯 계단을 내려갔다. 아래층 수위 아저씨네 전화가 있기 때문이다. 이 건물에서 전화란 그것 한 대뿐이었다.

의사가 낡은 볼가*(러시아제 고급 승용차)에서 굴러떨어지듯 내리더니 갈샨의 아빠가 하는 것처럼 갈샨의 머리를 흐트러뜨렸다. 의사는 갈샨의 아빠가 아니었고, 갈샨이 의사네 개도 아니었다. 갈샨은 기분 나쁜 표정으로 뒤로 물러섰다.

"미안하다. 이젠 어린애가 아니라는 걸 깜박했구나."

시도 때도 없이, 하물며 겨울에도 땀을 흘리는 이 덩치 큰 대머리 의사를 온 동네 사람이 알고 있다. 그리고 의사 역시 기저귀를 찬 아기부터 이가 다 빠진 오무래미 할머니까지 온 동네 사람들을 모두 알고 있다. 이 의사가 동네 모든 환자를 보살피기 때문이다.

의사는 문도 두드리지 않고 집 안으로 들어서더니, 의자를 침대 옆으로 끌어다 놓고 앉은 뒤 갈샨의 엄마를 살펴보았다. 의사가 웃으며 입을 열었다.

"아하…… 다알라, 애가 좀 힘들게 하나요?"

의사는 커다란 털북숭이 손을 이불 밑으로 넣어 엄마의 배를 더듬었다. 그 백정 같은 손가락이 엄마의 배 속에 숨어 있는 작은 생명이 어떻게 지내고 있는지 알아낼 수 있다는 듯이. 의사는 스스럼없이 엄마 치마 속으로 청진기를 넣고는 작고 동그란 안경 너머로 인상을 찌푸린 채 갈샨을 돌아보며 말했다.

"잠깐 자리 좀 비켜 줄래?"

갈샨은 머뭇거렸다. 다알라가 미간을 찌푸리고 갈샨을 바라보았다. '걱정하지 마, 금방 괜찮아질 거야.' 하고 말하는 것 같았다.

거리는 늦가을의 이른 추위에도 불구하고 아이들로 가득했다. 언제나 '사진 낚시'를 준비하고 있는 아이보라를 발견했다. 전통 의상을 멋지게 뼈물어 입고, 이콰투루우 시내로 관광객을 나르는 몇 안 되는 택시를 기다리는 것이다. 아이보라를 발견하면, 관광객 대부분은 사진을 찍기 위해 기사에게 차를 세우라고 한다. 그러면 아이보라는 활짝 웃으며 관광객들에게 다가가 손을 내민다. 서양 사람들은 어김없이 아이보라에게 1달러짜리 파란 지폐를 주었다. 사진 한 장에 1달러라니! 백 분의 1초에 1달러라니! 빌어먹을! 서양 사람들의 발밑에선 돈이 잡초처럼 자라나는 것일까? 갈샨의 아빠 리함이 지금처럼 조합의 트럭을 운전하면서 그럭저럭 돈벌이를 하기 전에는, 며칠 동안 초원과 시내와 사막을 가로지르며 짐승들을 돌봐야만 했다.

갈샨은 계단에 앉아서 친구가 순식간에 3달러를 버는 장면을 보고 있었다. 처음 1달러는 독일인 관광객이, 나머지 2달러는 프랑스인 관광객들이 주었다. 아이보라는 오늘 운이 좋다. 그렇지만 아이보라의 부모님이 '사진 낚시'를 허락했을

리는 없었다.

커다란 러시아제 헬리콥터가 선회하며 온 동네 건물들을 흔들었다. 헬리콥터가 공항 쪽으로 사라지고 나서야 의사가 창문으로 갈샨을 부르는 소리가 들렸다. 의사는 한 집에 오래 머무는 법이 없었다. 그가 이 지역의 유일한 의사이기 때문이다. 의사는 안경을 벗고 두더지처럼 작은 눈으로 갈샨의 눈을 오랫동안 응시했다.

"내 말을 잘 들어라, 갈샨. 동생이 엄마를 힘들게 하는구나. 아기가 태어날 때까지 절대로 안정을 취해야 해."

이 정도면 좋은 소식이다. 아기가 아직 살아 있다는 뜻이니까. 다알라는 이전에도 몇 번 임신했지만 번번이 유산했다. 그때마다 리함은 이렇게 말했다.

"애가 자리를 못 잡는구나."

리함은 아이를 붙들고 싶은 표정이었다.

의사는 턱을 긁적이며 안경을 썼다. 땀방울이 이마에 송골송골 맺혔다.

"엄마는 푹 쉬어야 해. 아기가 태어날 때까지, 다섯 달 동안은 말이야."

괴물 트럭

　리함은 많은 시간 집을 떠나 있었다. 네댓새, 때로는 이레가 되기도 했지만 그보다 오래 떠나 있는 경우는 없었다. 집에 돌아와서는 트럭을 점검하러 가거나, 조합의 책임자를 만나러 갔고, 시간이 나면 딸과 함께 하루 종일 말을 탔다.
　도시 입구에 사는 갈리야는 부녀에게 말 두 마리를 빌려 주고 속보로 멀어지는 두 사람을 배웅해 주곤 했다. 등자*(기수가 발을 거는 고리)에 닿을 만큼 풀이 자란 초원에 도착하면 리함과 갈샨은 미친 듯이 말을 몰았다. 두 사람은 늑대처럼 울부짖으며 끝도 없는 경주를 했다. 귓속에서 휘파람 소리가 나고, 근육통이 생기고, 먼지 때문에 눈이 화끈거릴 때까지 말을 달렸다. 얼굴은 불덩이가, 손은 얼음장이 되어 밤이 이슥해서야 집으로 돌아오면, 다알라는 활짝 웃으며 두 사람을 들사람이라고 놀려 댔다.

그리고 아침이 되면 리함은 아내와 딸에게 입을 맞추고 다시 수천 킬로미터의 여정을 떠났다. 리함은 남쪽 멀리까지 내려갔다. 산맥을 넘기도 했고 때로는 국경을 넘어 파키스탄과 인도까지 가기도 했다. 작년에는 터키의 이스탄불에 갔었다. 리함은 눈동자처럼 빛나는 작고 동그란 검정 돌을 가져와 갈산에게 주었다.

사람들은 리함이 모는 협동조합의 트럭이 이 나라에서 가장 크다고들 했다. 48톤짜리 우랄*(러시아제 트럭)이었다. 우랄은 바퀴가 열여섯 개나 달렸고 바퀴의 크기는 보통사람의 키를 훌쩍 넘는 진짜 괴물이었다. 리함이 돌아올 때가 되면 동네 아이들은 며칠이고 밖에 나와 우랄을 기다렸다.

우랄이 오고 있다는 신호가 어김없이 먼저 도착했다. 우렁찬 엔진 소리는 주변의 온갖 소음 속에서도 두드러졌다. 바람이 불 때는 우랄이 나타나기 몇 분 전부터 엔진 소리를 들을 수 있었다. 길 끝 수평선에서 먼지구름이 일고 도착을 알리는 경적 소리가 길게 울렸다.

언젠가 미국인 관광객이 갈샨에게 말하기를, 리함의 우랄이 출렁이는 초원을 달려오는 모습은 넓은 바다를 가르며 배가 달려오는 것 같다고 했다. 갈샨은 그날 처음, 진짜 바다를 본 사람을 만났다. 이곳에 사는 사람들은 아무도 바다가 어떻게 생겼는지 몰랐다.

＊ ＊ ＊

"나가서 친구들이랑 놀렴, 갈샨."

다알라가 갈샨의 등을 밀며 말했다.

"의사 선생님은 나에게 누워서 쉬라고 했지, 너더러 간호하라고 하지는 않았잖아. 난 환자가 아니야."

하지만 밖에 나갈 마음이 생기지 않았다. 알 수 없는 불안이 갈샨을 엄마 옆에 붙들어 두고 있었다. 갈샨은 의사가 한 말을 되뇌었다. 다섯 달…… 아기…… 절대 안정을 취해야 하는 엄마…… 갈샨은 기뻤지만 슬프기도 했다.

밖에서 놀던 아이들이 갑자기 놀이를 멈추었다. 잠깐 정적이 뒤따르더니 엔진 소리가 들렸다. 그리고 아이들이 외치는 소리가 들렸다.

"리함이다! 리함이다!"

곧 우렁찬 경적 소리가 들렸다. 갈샨은 밖으로 뛰어나갔다. 이콰투루우 저 너머에서 거대한 몸집의 우랄이 모습을 드러냈다. 리함이 속력을 줄이자 아이들이 범퍼와 발판에 올라섰다. 갈샨은 꼼짝하지 않고 기다렸다. 리함이 딸을 발견하고 전조등을 세 번 깜박였고 갈샨은 팔을 크게 휘저어 대답했다. 갈샨이 꼬맹이였을 때부터 하던 둘만의 신호다.

여느 때처럼 리함은 창문을 활짝 열었고 아이들이 운전석으로 기어들어 갔다. 아이들이 리함의 무릎까지 올라가서 마치 리함의 무릎이 운전대를 조종하고 있는 것 같았다.

트럭은 천천히 건물 벽에 붙어 서며, 먼지 낀 거대한 우랄의 코에서 나는 열기를 느낄 수 있을 만큼 갈샨 앞으로 가까이 다가섰다. 갈샨은 꼼짝도 하지 않았다. 그것은 리함과 갈샨이 치르는 의식이었다. 제동을 거는 소리가 끼익, 하고 울리더니 온 동네를 흔들던 엔진 소리가 순간 그쳤다. 갈샨이 손을 뻗으면 라디에이터 그릴에 손이 닿을 만큼 가까웠다. 리함은 아이들이 운전석에서 놀게 내버려 둔 채 차에서 내려와 갈샨을 꼭 끌어안았다.

리함에게서는 아스팔트 냄새, 먼지 냄새가 났다. 긴 여정의 냄새, 운전석의 냄새다. 리함은 평생을 헤어져 살았던 것처럼 두 손으로 갈샨의 얼굴을 꼭 감싸 쥐고 뚫어지게 바라보았다.

"많이 자랐구나……."

* * *

갈샨은 단칸짜리 아파트에 살았다. 거기에서 자고, 먹고, 요리하고…… 모든 일을 했기 때문에 집 안에서는 아주 작은 비밀이라도 감출 수가 없었다. 하지만 그날 밤 어떤 비밀이 오고 갔다. 리함과 다알라는 한여름 밤 커다란 모기가 앵앵대는 것 같은 목소리로 속삭였기 때문에 귀를 기울여도 소용없었다. 부부는 갈샨이 들을 수 없을 만큼 아주 낮은 목소리로 이야기를 주고받았다. 그렇지만 둘이서 무슨 이야기를 나누고 있는지 짐작할 수는 있었다.

 일주일 뒤면 개학을 하고 리함은 다시 길을 떠날 것이다. 그는 다시 떠나기 위해 돌아온다. 떠나고, 돌아오고, 떠나고, 돌아오고…… 언제나 그랬다. 다알라는 여러 달 동안 절대 안정을 취해야 한다. 갈샨의 마음이 아렸다. 그동안 갈샨은 어떻게 해야 할까? 무의식중에 부모님의 목소리가 높아졌다.

 "정말 그렇게 생각해요?"

 다알라가 속삭였다. 엄마의 말투가 그렇게 변하면 좋지 않은 일이 있는 것이다. 갈샨은 마음이 불편했다.

 "들어 봐요. 아무리 생각을 해 봐도 그 방법밖에는 없어요. 갈샨을 그리로 보내고 처제에게 여기에 와서 애가 태어날 때까지 당신을 돌봐 달라고 부탁해야지. 다른 방법이 없어. 집이 작으니 어쩔 수가 없소. 모두 함께 지내기에는 집이 너무 좁아요."

 "저는 갈샨 걱정을 하고 있는 거예요."

 "들어 봐요. 갈샨은 이제 애가 아니에요. 갈샨도 이해할 거요. 내가 자주 가서 들여다보면 되지. 그리고 그 양반도 이제 많이 변했다고……. 다 괜찮을 거요."

"하지만 리함, 다섯 달이에요. 무슨 말인지 알아요?"

리함은 대답하지 못했다. 아니면 너무 작은 목소리로 대답해서 갈샨이 들을 수 없었는지도 모른다. 갈샨은 휘둥그레진 눈으로 한동안 어둠을 응시했다. 구름이 달에 걸렸다. 지금처럼 이스탄불의 돌을 꽉 쥔 적이 없다. 다섯 달……

'그곳'은 어디일까? '많이 변했다는 그 양반'은 누구일까?

갈샨의 가슴이 갑자기 사느래졌다.

이별

다알라는 붉어진 눈시울을 감추려고 고개를 돌렸다. 다알라의 목소리가 가늘게 떨렸다.

"아가, 네가 생각하는 것보다 시간은 훨씬 빨리 갈 거야. 그리고 네가 돌아오면, 우리 잔치를 하자. 네가 돌아온 것과 아기가 태어난 걸 축하해야지."

갈샨은 아무 말 없이 그저 고개만 끄덕였다. 한마디만 입 밖에 내어도 울음이 터질 것만 같았다. 갈샨은 엄마 배에 손을 얹었다. 갈샨과 다알라는 아기가 움직이기를 기다렸다. 하지만 잠잠했다. 그날따라 아기는 별로 놀고 싶지 않은 것 같았다. 아니면 기분이 좋지 않든가······.

갈샨은 다알라 품에 푹 안겨서 엄마의 숨소리와 심장 소리를 들었다. 다알라는 갈샨의 머리를 부드럽게 쓰다듬었다. 침대 발치에는 갈샨의 물건들을 담은 배낭이 있었다. 펠트와 모직과 가죽으로 만든 무거운 겨울 옷, 그리고 아침에 아빠가 협동조합에 가서 사 가지고 온 겨울 장화도 들어 있었다.

"거기는 눈이 여기보다 훨씬 일찍 내린단다."

리함은 어딘지 모르게 불편한 기색으로 커다란 손을 모았다 풀었다 하며 작은 아파트를 빙빙 돌았다. 그리고 시계를 들여다보고는 어린 딸을 할긋거렸다.

"갈샨, 이제 떠나야 해. 차궁은 코앞에 있지 않단 말이야."

갈샨은 대답하지 않았다. 다알라가 가만히 갈샨을 떼어 냈다.

길 한가운데에서 사내애들이 바람이 반쯤 빠진 축구공을 차고 있었다. 버스나 트럭이 경적을 울리며 다가오면, 아이들은 한옆으로 비켜서서 자기들의 축구장을 내어 주고는 운전사에게 온갖 욕을 했다.

쿠르릉, 하고 우랄의 엔진이 돌아가기 시작했다. 사내애들은 놀이를 멈추고 우랄이 움직이는 모습을 구경했다. 리함이 변속기를 1단에 넣었다. 48톤의 거대한 쇳덩어리가 부르르 떨렸다. 아이보라가 발판을 기어올라 갈샨의 손을 잡았다.

　"내 옆자리를 꼭 비워 둘게. 네가 돌아오면······."

　말은 쉽다. 갈샨은 눈물이 그렁그렁한 눈으로 친구를 멍하니 바라보았다. 리함이 아이보라에게 그만 내려가라고 손짓했고, 아이보라는 발판에서 뛰어내렸다. 우랄이 천천히 속력을 올렸다. 갈샨은 차창 밖으로 고개를 내밀었다. 아이보라의 모습이 점점 작아진다. 마침내 갈샨네 아파트도 작은 얼룩으로 변했다.

　아버지도, 딸도 오랫동안 입을 열지 않았다. 리함은 목이 메었지만 내색하기는 싫었다. 마을은 열여섯 개의 바퀴에서 피어오른 먼지구름 속으로 사라졌다. 드문드문 집이 서 있고, 포장도로의 끝이 나타났다. 높이 자란 풀숲 사이로 흙길이 길게 뻗어 있다. 눈앞은 그저 끝없는 초원이다. 리함이 헛기침을 했다.

　"바이타르도 네가 가는 것을 알고 있어."

마침내 아빠가 입을 열었다.

"차궁에 내려가는 동료한테 소식을 부탁했단다. 널 보면 참 좋아하실 거야. 정말 오랫동안 못 만났으니까……. 하루 종일 바이타르와 같이 있지는 않을 거야. 그 지역 학교에 네 이름을 등록했어. 너만 할 때 내가 다니던 학교란다. 말을 달려 삼십 분이면 도착할 거리야. 처음에는 바이타르가 널 데려다 주겠지. 새로운 생활이 시작되는 거야."

갈샨은 어깨를 으쓱하고 문 쪽에 붙어 몸을 웅숭그렸다. 커다란 울음 주머니가 목구멍에 걸렸다.

* * *

다섯 달! 백쉰사흘을 바이타르와 함께! 갈샨은 어젯밤에 날짜를 계산했다. 말과 양 떼 속에 묻혀 사는 미친 늙은이와 백쉰사흘을 같이 살아야 하다니…….

"미친 늙은이!"

부모님이 어렵게 내린 결정을 갈샨에게 알렸을 때, 갈샨의 입에서 튀어나온 말이었다. 아빠는 전에 없이 불같이 화를 내며 갈샨의 따귀를 올려붙이려 했다. 이전에는 한 번도 그런 적이 없었다. 다행히 리함의 손이 갈샨의 뺨에 닿기 전에 다알라가 리함의 팔을 붙들었다.

"할아버지를 그렇게 부르면 안 돼!"

리함이 고함을 질렀다.

"괴팍할 때가 있긴 해도 바이타르는 내 아버지이고, 너는 바이타르의 손녀야! 절대 잊지 마!"

갈샨은 부모님의 생각을 바꾸려고 별짓을 다 했다. 얌전히 고분고분 조용히 지내겠다, 온 힘을 다해 집안일을 돕겠다, 아무도 괴롭히지 않겠다……. 마지막에는 발을 동동 구르며 울고불고 난리를 피웠지만 소용없었다. 부모님의 결정은 흔들리지 않았다.

바이타르로 말하자면……, 살면서 다섯 번도 채 보지 못했으니까 갈샨에게는 거의 모르는 사람이나 마찬가지였다. 바이타르의 얼굴을 알아볼 수나 있을까?

리함과 바이타르의 관계는 순탄하지 않았다. 그 이야기는 갈샨이 태어나던 해까지 거슬러 올라간다. 다알라와 리함이 처음 만났을 때 다알라는 영어 선생님이었고, 리함은 인민군에서 막 제대한 군인이었다.

둘은 누구의 의견도 묻지 않고 결혼해서 도시에 살림을 차렸다. 바이타르는 머리끝까지 화가 났다. 일단 자기 아들이 그런 여자와 결혼했다는 사실을 받아들일 수 없었다. 가축을 돌볼 줄도 모르고, 말을 탈 줄도 모르며, 양 새끼를 받을 줄도 모르는, 아무 짝에도 쓸모없는 영어 선생질이나 하는 여자가 며느리라니…….

대대로 집안의 모든 남자들은 여름이건 겨울이건 산비탈을 달려 말과 양을 쳤다. 하지만 리함은 그 일을 하지 않겠다고 했다. 바이타르는 그런 리함을 전혀 이해할 수 없었다.

하지만 무엇보다 바이타르가 받아들이기 힘들었던 것은 리함의 첫째 아이, 바이타르의 눈에는 가족의 미래를 짊어질 첫 손주가 계집아이라는 것이었다. 그 아이가 바로 갈샨이다.

먼 길

 열 시간을 넘게 달렸다. 밤이 깊어 간다. 때로 부엉이가 우랄의 커다란 전조등 빛줄기 속으로 뛰어들어 날개를 퍼덕이며 다가오다가 트럭에 부딪치기 직전에 어둠 속으로 자맥질했다.

 쿠르릉거리는 엔진 소리는 마냥 똑같았고, 언틀먼틀한 데다 먼지가 풀풀 날리는 흙길은 실타래 풀리듯 끝없이 풀려만 갔다. 전조등의 미광 속에 코앞에서야 모습을 드러내는 구덩이나 흙더미를 놓치지 않으려, 리함은 어둠을 응시했다.

갈샨은 문득 코끝이 찡해지기도 했다. 또 문득 소스라쳐 잠에서 깨어나면 잠깐 졸다 깬 것인지, 아니면 몇 시간을 잔 것인지 알 수 없었다. 자세를 바꿔 다시 잠을 청했다. 갈샨은 트럭에 질력이 났다. 머리, 등, 엉덩이 할 것 없이 온몸이 아팠다. 피곤한 것도 화나는 것도 모두 잊을 지경이었다.

"차궁이다."

리함이 손가락으로 가리키며 말했다. 자고 있던 갈샨의 눈이 휘둥그레졌다. 저 멀리 전조등 불빛 끝의 어둠 속에서 여남은 개의 흰 얼룩이 보였다. 리함이 속력을 늦추었다.

길에 있던 양 몇 마리가 혼비백산하여 갈팡질팡 흩어졌다. 겁에 질린 커다란 눈동자가 등불처럼 빛났다. 처음 만난 숙영지는 거의 폐허가 되어 있었다. 다 찢어진 펠트 외피에서 자라난 풀은 천막을 삼키려는 것 같았다.

"내가 아이였을 때……."

리함이 입을 열었다.

"이곳에는 스무 가족이 넘게 살았어."

"그런데 지금은요?"

"네 할아버지만 남았지. 다른 이들은 전부 도시 근처로 갔단다. 모두 우리처럼 아파트에 사는 것은 아니지만 말이야."

갑자기 트럭 앞에 송아지만 한 개 두 마리가 나타나서 짖고 있었다. 송곳니에서 거품이 뚝뚝 떨어진다. 늑대만큼 큰 개들은 네 다리로 떡 버티고 서서 길을 비켜 줄 생각은 애초에 없는 것처럼 보였다.

제동장치가 울고, 우랄은 먼지구름 속에서 멈춰 섰다. 리함은 시동을 끄고 전조등을 켠 채 주저 없이 차에서 뛰어내렸다.

"후다, 후바! 조용히 해! 이놈의 자식들, 내가 누군지 몰라보는 거야?"

두 짐승은 건성으로 몇 번을 더 짖더니, 짖기를 멈추고는 잰걸음으로 다가와 리함이 내민 손에 코를 대고 킁킁거렸다. 문이 열리고 그림자 하나가 나왔다. 리함은 갈샨이 차에서 내리는 것을 도왔다. 몹시도 추운 날이었다. 거세다고는 할 수 없어도 썩 매운바람에 양 기름과 양 똥 냄새가 밴 풀들이 누웠다.

개들이 조용히 와서 갈샨의 냄새를 맡았다. 주둥이가 갈샨의 가슴께에 닿았다. 문을 나선 그림자도 가까이 다가왔다. 갈샨은 사시나무처럼 떨고 있었다. 어스름 속에서 시선 하나가 자신을 붙들고 있음을 느낄 수 있었다. 거친 손이 갈샨의 손목을 잡더니 전조등 빛줄기 안으로 끌고 들어갔다. 두 손이 갈샨 앞머리를 갈라 헤쳤다. 주름 깊은 얼굴에 가는 눈이 천천히 갈샨을 살폈다.

"너로구나. 네가 갈샨이로구나. 내 손녀딸……."

첫 번째 날

무슨 일이 일어났는지 직감한 듯, 갈샨은 짚으로 된 침상에서 튀어 올라 밖으로 뛰어나갔다. 해는 중천에 걸려 있었다. 양들이 꿋꿋하게 땅을 구르고 있고, 개들은 앞발 사이에 머리를 얹고 자고 있다. 냇내가 난다. 갈샨은 사방을 둘러보았다. 우랄은 없었다. 리함은 떠난 것이다. 하지만 갈샨은 아무 소리도 듣지 못했다. 바이타르는 저만치서 웅크리고 앉아 손을 뻗은 채 불을 쬐고 있었다.

"네 애비는 아침 일찍 길을 나섰다."

바이타르는 뒤도 돌아보지 않았다.

"널 깨우고 싶지 않다고 하더구나."

갈샨은 늙은이의 말에 억장이 무너졌다. 한마디도 나오지 않았고 꼼짝도 할 수 없었다. 얼음장같이 건조한 바람은 채찍처럼 얼굴을 때리고 갔다. 갑자기 극심한 한기를 느꼈다. 바이타르가 자리에서 일어났다.

"머리를 묶어라, 아니면 자르든지! 그래 가지고 어쩌자는 거냐? 얼굴에 엉키잖니. 여기는 항상 바람이 분다. 귀찮을 거야."

바이타르는 산사람의 사투리를 썼기 때문에 갈샨이 전부 알아들을 수는 없었다. 바이타르에게 눈물을 보이지 않으려고 갈샨은 등을 돌렸다. 새끼줄로 머리를 묶어 모자 속에 넣고 나니 뒷목에 그의 시선이 느껴졌다. 바이타르는 갈샨에게서 잠시도 눈을 떼지 않고 있었다.

"불 옆에 탈르흐*(몽골 빵)와 우유 사발이 있다. 여기서 기다려."

나이를 생각하면 놀라운 힘이었다. 바이타르는 말에 뛰어올라 우르가*(끝에 가죽끈 매듭이 달린 긴 버드나무 막대기. 가축을 잡는 도구)를 들고 말 떼가 풀을 뜯고 있는 언덕 허리 쪽으로 멀어졌다. 바이타르는 말 떼를 돌아가서 뒤쪽에서 바람을 마주 보고는 속보로 말을 몰아, 말 떼 사이로 미끄러져 들어갔다.

 말들은 바이타르의 움직임을 눈치채지 못한 것 같았다. 바이타르는 석상처럼 가만히 말들을 응시했다. 갑자기 종마 한 마리가 가볍게 히힝, 하고 다른 말들에게 경고를 보냈다. 순간, 말들이 달리기 시작했다. 하지만 바이타르가 말 떼를 앞지르는 데 10초도 걸리지 않았다. 바이타르는 힘들이지 않고 우르가를 앞으로 툭 던졌다. 가죽끈이 말의 목에 걸렸다.

 말은 고개를 흔들며 콧바람을 불고, 발을 구르고, 앞발을 들고 일어서기도 했다. 바이타르는 어느새 말 옆에 있었다. 몸을 숙여 말의 귀에 뭐라고 속삭이는 것 같았다. 잠깐이었다. 날뛰던 말이 마법에 걸린 것처럼 갑자기 온순해졌다.

 천막이 있는 곳으로 돌아오는 동안, 말은 고삐를 당기지 않아도 순순히 바이타르의 뒤를 따랐다. 바이타르가 팔을 들어 돌 그늘을 가리켰다.

 "저기 가면 마구가 있다. 이 말을 타라. 말이 너한테 익숙해지도록 만들어. 말을 걸고, 네 냄새를 맡게 해라. 너를 기억하게 해. 그놈을 타는 것이 걷는 것만큼 익숙해져야 한다."

바이타르는 묵묵히 고삐를 내주었다. 늙은이의 얼굴에는 수많은 주름이 고랑을 파고 흘렀고 그의 눈도 그 주름 중의 하나인 것 같았다.

"리함 말로는 네가 저만큼 말을 잘 탄다고 하더구나. 못 믿는 것은 아니다. 그래도 내 눈으로 보고 싶다."

바이타르는 잠깐 말을 멈추고 어깨를 으쓱했다.

"그래 봤자, 리함이 말에 대해 뭘 알겠니. 구질구질한 운전석에 엉덩이를 들이미는 것 말고 할 줄 아는 게 없는데!"

바이타르는 말 옆구리를 박차로 툭, 하고 차더니 흙덩이를 튀기며 가볍게 멀어졌다. 개들이 그 뒤를 쫓았다. 바이타르가 갑자기 뒤를 돌아보며 외쳤다.

"말 이름은 무쇠 잿빛, '재무쇠'다."

그러고는 말을 달려 단박에 언덕 마루까지 올라선 뒤 그 너머로 사라졌다. 갈샨은 주머니 속에서 이스탄불의 까만 돌을 꼭 쥐었다. 갈샨의 입술이 달싹거렸다.

"나는 당신이 싫어, 미친 늙은이 같으니라고!"

첫 번째 경주

　재무쇠는 저 혼자 측대보로 걸었다. 아빠와 함께 여러 번 연습했기 때문에 갈샨도 잘 알고 있었다. 한쪽 다리 둘을 동시에 들어 올리는 큰 걸음으로, 초원에서 타는 짐승은 이렇게 걷도록 조련한다.
　갈샨은 숙영지를 떠나고 싶지 않았다. 하지만 말이 앞발질을 하며 부르르 떨었다. 좀이 쑤신다는 뜻이다. 갈샨은 용기를 내 속보로 말을 몰아 바이타르가 사라진 언덕을 향했다. 풀이 넓적다리까지 올라왔고 양들이 매에에, 하고 울며 길을 비켰다.

언덕 꼭대기에 도착하자 보이는 것은 풀과 바위와 하늘뿐이었다. 다른 것은 없었다. 반대 사면은 바위와 자갈이 깔린 거의 절벽에 가까운 위험한 너설 언덕이었다. 삭사울*(고비사막에 자생하는 나무. 뿌리가 깊고 넓어 사막화 방지에 큰 도움이 된다. 2㎥의 삭사울 나무로 5인 가족이 겨울을 날 만큼 연료 가치가 높아 지금은 군락지가 많이 남아 있지 않다.)이 군데군데 흩어져 자라고 있다. 쪼개진 바위틈과 움푹한 곳을 샅샅이 살폈지만 바이타르의 흔적은 없었다. 갈샨은 혼자 남겨졌다. 자신이 한없이 작게 느껴졌다.

한참 동안 돌풍이 하늘을 쓸고 갔고 풀숲에서는 휘파람 소리가 났다. 저 아래 차궁은 믿을 수 없을 만큼 멀리 있었다. 갈샨의 몸이 떨렸다. 갑자기 숨이 턱 막히는 느낌이었다. 강물에 빠졌을 때도 그랬다. 거센 물살이 갈샨을 휩쓸고 갔다. 어떻게 할 수가 없었다. 숨을 쉴 때마다 물이 입안으로 흘러들어와 더 숨이 막혔다. 한 줄기 찬 땀이 등골을 따라 길게 흘렀다. 뱃속 깊은 곳에 두려움이 커다란 쥐처럼 들어앉았다. 등자를 딛고 일어서서 온 힘을 다해 외쳤다.

"바이타르! 바이타르……"

재무쇠는 휘청거리며 귀를 뉘었다. 창자가 꼬이는 것 같았다. 꼼짝도 할 수 없었다. 귀에 온 신경을 집중했다. 그러나 바람만이 대답했다. 저 높이 하늘에는 수리 한 마리가 활공하며 새된 소리로 울고 있었다. 마치 먹이를 발견한 것처럼 갈샨을 가운데 두고 원을 좁혔다. 팔을 휘젓지 않을 수가 없었다.

"꺼져! 저리 가!"

갈샨의 머릿속에는 한 생각밖에 없었다. 돌아가야 한다. 빨리 돌아가야 한다. 심장이 두방망이질 쳤다.

갈샨은 제정신을 잃고 발꿈치를 재무쇠의 옆구리에 단단히 박아 넣었다. 재무쇠는 곧 언덕을 달려 내려갔다. 갈기를 붙든 갈샨의 몸이 지푸라기처럼 흔들렸다. 말에서 떨어질 것 같았다. 갑자기 장화가 등자에서 미끄러지자 갈샨은 순간, 냉정을 잃었다. 점점 말 등에서 미끄러지는 느낌이었다. 밑에서는 풀과 바위가 빠르게 흘러가고 말발굽 소리가 땅을 울린다. 리함이 옆에 있었더라면 갈샨에게 이렇게 소리쳤을 것이다.

'몸을 세워!'

안간힘을 쓰자 온몸의 근육이 시위처럼 팽팽해졌다. 갈샨은 몸을 일으켰다.

'더 뒤쪽으로! 체중을 엉덩이에 실어!'

뒤쪽으로…… 그리고 갈샨은 체중을 엉덩이에 실었다. 마침내 다시 균형을 잡을 수 있었다. 그제야 온몸의 근육이 말의 움직임에 적응하는 것 같았다. 오랫동안 아빠와 말을 타며 익힌 감각이 천천히 돌아왔다. 말 갈기가 얼굴을 때리고, 귓가를 지나가는 바람이 휘파람을 분다. 리함이 옆에 있는 것 같았다.

재무쇠는 갈샨이 지금까지 타 본 말 중에서 가장 빨랐다. 눈을 감고 말에 몸을 맡겼다. 갈샨은 재무쇠가 숙영지에 도착해 멈춰 섰을 때에야 눈을 떴다. 갈샨은 땀에 젖어 있는 재무쇠의 목에 기대어 짐승의 심장이 긴 혈관으로 피를 뿜어내는 소리를 한참 동안 듣고 있었다. 말은 오랫동안 코를 벌름거리며 갈샨의 냄새를 맡았다.

***

바이타르는 오후가 한참 지나서야 돌아왔다. 언덕 마루에서 경사를 곧바로 달려 내리더니 속력을 늦추지 않고 갈샨을 향해 달려와서 갈샨의 몇 걸음 앞에서야 말을 멈추었다. 갈샨은 꼼짝도 하지 않았다.

"안 무섭냐?"

"안 무서워요. 아빠는 트럭으로 그렇게 해요. 게다가 아빠 트럭은 그 말보다 백 배는 더 커요."

늙은이는 들은 체도 안 했다.

"말을 타라고 했던 것 같은데."

"아침 내내 탔어요."

"엉덩이가 아프냐?"

"조금요······."

"겨우 조금? 턱도 없다. 말에 올라!"

"하지만 저는······."

"말에 올라!"

대꾸할 틈도 주지 않았다. 그는 갈샨을 끌고 숙영지의 마지막 게르*(몽골 유목민의 이동식 가옥)까지 갔다. 색 바랜 펠트 천이 바람에 펄럭인다. 몇 분 만에 하늘에 구름이 가득 덮였다.

"저기, 저 앞에 있는 작은 골짜기 보이냐? 안쪽에 샘이 있다. 말에게 물을 먹이러 가는 거다. 먼저 도착한 사람이 먼저 먹이는 거야!"

바이타르가 크게 외치더니 재무쇠의 궁둥이를 때렸다. 갈샨의 몸이 뒤로 휙 넘어갔다. 갈샨은 반사적으로 갈기를 딱 잡았다. 균형을 잡고 보니 노인은 뒤에 바짝 붙어 미친 사람처럼 울부짖고 있었다. 바이타르가 한 번 소리칠 때마다 재무쇠는 속력을 올렸다.

"엉성하기는!"

바이타르가 호통을 쳤다.

"달팽이만큼 느리구나!"

거짓말이다! 갈샨도 알고 있었다. 갈샨의 혈기를 돋우려고 하는 말이다. 얼마나 빨리 달릴 수 있는지 보기 위해서 그렇게 말한다는 것을 갈샨도 알고 있었다. 갈샨은 눈물을 삼켰다.

"당신이 미워요."

'이 미친 늙은이는 내가 정말 얼마나 빠른지 보고 싶은 걸까? 그럼, 보여 주지.'

갈샨은 있는 힘껏 재무쇠의 옆구리에 박차를 가했다. 앞으로 쭉 뻗은 재무쇠의 목이 땅과 평행이 되었다. 콧구멍이 활짝 열렸고 입에는 거품이 흐른다. 주위의 풍경은 지옥열차를 탄 것처럼 빠르게 뒤로 풀려 간다. 말굽 소리는 단단한 땅을 울린다. 갈샨은 아무것도 볼 수 없었다. 아무것도 들을 수 없었다. 미친 듯, 나는 듯, 달려 나가는 짐승의 강인한 근육만 느껴졌다.

몇 초 동안 바이타르가 바짝 따라붙는 듯했지만 갈샨이 앞서 있었다. 기적이다. 뒤도 돌아보지 않고 갈샨은 자신의 승리를 확신했다. 계곡은 이제 얼마 남지 않았다. 갈샨이 이길 것이다.

이제 보기 좋게 늙은이의 콧대를 눌러 줄 것이다. 실눈 사이로 풀숲 사이에 흐르는 물줄기를 보았다. 달팽이처럼 느리다고? 이번에는 갈샨의 입에서 괴성이 터져 나왔다. 바이타르의 기괴한 외침 못지않았다. 백 미터도 남지 않았다. 뒤에서 그가 외치는 소리가 들렸다.

"예— 하—!"

순식간에 그가 다가들었다. 잠깐 동안 둘은 엉덩이에 엉덩이를, 허리에 허리를 마주하고 달렸다. 몇 미터 안 남았다. 몇 미터만 앞서면 된다. 갑자기 바이타르의 말이 떨쳐 나가더니 갈샨을 앞질렀다. 머리 하나 차이였다.

짐승들은 땀과 거품을 흘리며 대장간의 풀무처럼 거칠게 숨을 몰아쉰다. 말의 입에서 늘어진 침거품을 바람이 길게 뽑는다. 바이타르는 입가에 보일 듯 말 듯한 미소를 띠고 풀을 한 줌 뜯어 말의 몸통에 문질렀다.

늙은이와 갈샨은 말없이 오랫동안 말들이 물을 마시고 있는 모습을 바라보았다. 그때 군데군데 빗방울이 떨어지기 시작했다. 안장을 푼 말은 풀숲에서 뒹굴고 있었다.

툭툭 떨어지는 비를 맞으며 두 사람은 걸어서 돌아왔다. 저녁이 되자 난로에 작은 불빛이 흔들리고, 갈샨은 가방에서 작은 공책을 꺼냈다. 차궁에서 보낼 백쉰사흘 중 첫째 날을 표시했다. 갈샨은 벌써 이곳에서 며칠을 지낸 것 같은 느낌이었다.

두 번째 경주

바이타르는 아침 일찍 나갔다. 갈샨은 늙은이가 일어나는 소리도 듣지 못했다. 개들도 주인을 따라나서서 숙영지에는 갈샨과 재무쇠 단둘만 남았다. 한참 뒤 해가 중천에 걸렸을 때 수리 한 마리가 산 위에서 활공하고 있는 것이 보였다. 갈샨이 날짐승을 처음으로 발견한 그 산 위였다. 똑같은 놈이다.

리함은 갈샨에게 윤곽으로 새를 구분하는 법을 가르쳐 주었다. 솔개는 꼬리가 화살처럼 생겼고, 매는 날개가 뾰족하고, 말똥가리는 꼬리가 둥그스름하다. 하지만 이것은 완전히 달랐다. 덩치도 훨씬 크고 날개도 더 넓었다. 갈샨은 그 놈을 가만히 보고 있었다.

큰 동그라미를 그리며 선회하는데 날개를 쫙 펴고는 깃 하나 까딱하지 않았다. 때로 하늘 꼭대기까지 올라가서 작은 점처럼 보였다. 새가 있는 곳에서는 이콰투루우가 보일 것 같았다. 갈샨네 아파트와 침대에 누워 있는 다알라와 사진 낚시를 하고 있는 아이보라가…….

갈샨은 매일 아침 말을 탔다. 마구를 채우면 재무쇠는 몸이 달아 발굽으로 땅을 긁었다. 무엇을 해야 하는지 이미 알고 있는 것이다.

"예―하―!"

갈샨과 재무쇠는 계곡으로 달렸다. 발굽 소리와 함성으로 정적을 깨며, 둘은 풀숲 위를 미끄러졌다. 둘은 단 하나의 근육 덩어리, 팽팽한 긴장 덩어리일 뿐이었다. 주변의 풍경은 빠른 속도로 뒤로 풀려 갔다. 들판, 언덕, 양 떼 그리고 다른 말들……. 아무것도 중요하지 않았다. 속도와 바람의 휘파람 소리, 한 발을 내디딜 때마다 다가서는 저 아래 샘물.

샘에 도착하면 재무쇠는 오랫동안 물을 마셨고 갈샨은 마른 풀을 뜯어 재무쇠의 땀을 닦았다. 그들은 천천히 차궁으로 돌아왔다. 첫 번째 게르를 막 지났을 때, 갈샨이 갑자기 말 머리를 돌렸다.

"예—하—!"

갈샨은 넓적다리 밑에서 재무쇠의 근육이 움직이는 것 하나하나를 느낄 수 있었고 자기 몸을 더 빠르고 유연하게 움직이려 애썼다. 재무쇠의 질주를 채찍질하는 '예하—' 하는 외침으로만 남고 싶었다.

바이타르가 그날 아침에 떠났던 비밀한 원정에서 돌아왔을 때 재무쇠는 언제 달렸냐는 듯 땀 한 방울 흘리지 않았다. 하지만 곡식 가루로 만든 납작한 빵이 불 위에서 익어 가는 동안, 바이타르가 재무쇠를 살폈다. 늙은이는 아무 말도 하지 않았지만, 갈샨이 알 수 없는 아주 미묘한 흔적을 통해 자신이 말을 달렸다는 것을 알아냈다는 것을, 갈샨도 짐작할 수 있었다.

아흐레째 되는 날 저녁, 갈샨은 바이타르의 코를 납작하게 해 주었다. 그날 아침에 재무쇠와 갈샨은 전에 없이 잘 달렸다. 말과 갈샨이 하나가 된 듯했다. 갈샨은 그날 해가 뉘엿할 때쯤이면 자신이 '예하—'를 외치며 승리를 자축하게 될 것을 이미 알고 있었다.

바이타르를 한참 앞질러 샘에 도착한 갈샨은 풀 위에 낙장거리를 하고 누워 미친 듯이 웃었다. 워낙 그렇듯이 늙은이는 아무 말도 하지 않았지만 더 주름진 얼굴을 하고 있었다. 주름 중 하나는 웃음이었다.

다음날 아침, 투박한 손이 갈샨을 거칠게 흔들었다.

"일어나서 옷 입어라."

바이타르가 무뚝뚝하게 말했다.

"오늘부터 나를 따라나서라."

동쪽 산에 붉은 띠가 둘렀을 뿐인 이른 아침, 개들은 추위를 향해 짖었고 말들의 콧구멍에서 뿜어지는 흰 수중기는 풍성했다.

양 떼

 말은 무겁게 언덕을 올랐다. 발굽 아래로 자갈이 굴러떨어진다. 들꿩이 놀라 다리 사이로 날아오르자, 개들은 미친 듯이 달려들어 공중을 날고 있는 새를 물려고 한다.

 갈샨은 벙어리장갑을 두고 왔다. 새벽의 추위에 손이 에이는 것 같았다. 하지만 갈샨은 절대 바이타르에게 말하지 않았다. 무엇이 되었든 말하지 않을 것이다.

 바이타르가 멈춰 선 언덕 마루에 올라섰을 때, 갈샨은 한참 동안 어안이 벙벙해 있었다. 그때까지 숙영지에 있는 여남은 마리가 바이타르가 기르는 짐승 전부인 줄 알았는데! 하지만 거기, 갈샨의 눈 아래, 산으로 둘러싸인 함지땅에 수백 마리의 양 떼가 와실덕실했다. 갈샨은 지금까지 한 번도 그런 광경을 본 적이 없었다. 모두 목에 붉은색 매듭을 매고 있어서, 멀리서 보면 양귀비 들판을 보는 것 같았다.

"삼백 마리가 넘는다."

늙은이는 자랑스러운 목소리로 말했다.

"네 나이 때 우리 할머니가 내게 암양 한 마리를 주었지······."

그는 말을 멈추었다. 후다와 후바가 와서 발아래 엎드려 주인을 쳐다보았다.

"후다, 후바, 가라!"

덩치 큰 개들은 자리에서 펄쩍 뛰어 일어나 나란히 달렸다. 가장 멀리 있는 양들부터 몰아왔다. 그 뒤를 갈샨이 따랐다. 바이타르는 짐승들을 살피기 시작했다. 암양 한 마리, 새끼 양 한 마리도 늙은 유목민의 눈을 벗어날 수 없었다.

여러 시간 동안 그는 한 마리, 한 마리에 다가가 살폈다. 아주 잠깐이었다. 그리고 그는 알아듣지 못할 소리를 중얼거리고는 걸음을 옮겼다. 바이타르가 갑자기 손을 들어 암양 한 마리를 가리켰다.

"저 놈을 봐라. 며칠 동안 찾고 있었어. 네가 나를 도와야겠다."

그 양의 어깨쯤에 커다란 혹이 있었다. 바이타르가 다가오는 것을 보고 도망치려 했지만 우르가의 끈이 이미 목에 걸린 상태였다. 바이타르는 양의 네 다리를 잡아 땅에 눕혔다.

"이렇게 잡고 있어. 발을 꽉 잡아야 해. 가슴팍을 무릎으로 누르고! 절대 움직이면 안 돼!"

양은 겁에 질려 눈이 휘둥그레졌다. 양의 몸부림이 심해서 갈샨은 온 힘을 다해 꽉 눌러야 했다. 종기에서 흘러나온 냄새가 고약한 고름이 양털에 긴 흔적을 남겼다. 바이타르는 무릎을 꿇고 한 손에 칼을 들었다.

"절대 놓치지 마!"

늙은이가 말했다. 갈샨은 바이타르가 이 모양으로 자기 눈앞에서 양을 죽이려는가 보다, 하고 생각했다. 바이타르는 손바닥만큼 털을 잘라 낸 후 머뭇거리지 않고 단번에 피부를 절개했다. 양이 고통스럽게 울며 몸부림을 쳤다. 다리 하나가 미끄러져 바이타르 얼굴 바로 앞 허공을 찼다.

"잡아! 제기랄!"

늙은이가 외쳤다. 그리고 종기를 짰다. 걸쭉하고 희끄무레한 액체가 분수처럼 솟아서 갈샨의 손과 옷에 튀었다. 갈샨은 구역질에 비명을 지르고 양을 놓아 버리고 말았다. 양은 재빠르게 일어나서 양 떼 속으로 숨어 버렸다.

"상처를 다 치료하지 못했는데!"

늙은이가 매정한 목소리로 말했다.

"저놈이 죽으면 네 탓이다."

성난 기색으로 그는 갈샨에게 눈길도 주지 않고 멀어졌다. 갈샨의 볼에 뜨거운 눈물이 흘렀다.

"미친 늙은이!"

갈샨이 조금만 더 당돌했다면 혼자 있을 때는 어떻게 했느냐고 대꾸해 줬을 것이다. 갈샨은 그 새가 보고 싶어 눈을 들어 하늘을 보았다. 드높은 곳에 떠 있는 그 새가 갈샨과 집을 연결하는 다리가 되는 것 같았다. 저 동쪽 멀리 있는 이콰투루우! 다알라도 창문에서 그 새를 볼 수 있을 것 같았다. 갈샨은 마치 엄마가 들을 수 있는 것처럼 낮은 목소리로 새에게 말을 걸었다.

 갈샨은 불현듯 자기 혼자 있을 때에만 하늘에 그 새가 나타난다는 것을 알아챘다. 바이타르가 없을 때……, 늙은이가 없을 때 새가 나타난다. 늙은이가 나타나면 새는 사라진다. 늙은이의 존재가 새를 쫓는 것처럼.

그리움

 갈샨이 차궁에 온 지 스무 날이 넘었다. 너무 긴 것인지 너무 짧은 것인지 알 수 없었다. 백쉰사흘에 비하면 아무것도 아니지만 갈샨은 영원 전부터 이곳에 산 것처럼 느껴졌다. 마치 여기에서 태어난 것처럼……. 매일 저녁 침상에 눕기 전에 공책을 꺼내 여기에서 보낸 날수를 표시하고 한참 동안 이스탄불의 검정 돌을 손에 꼭 쥐었다.

 '있어 보면 알 거야. 딸아, 내 사랑아. 네 생각보다 시간은 훨씬 빨리 간단다.'

다알라가 갈샨에게 속삭였었다. 눈을 감으면 엄마가 옆에 있는 것 같았고 엄마의 체온과 사랑을 느낄 수 있었다. 그러려던 것은 아니었지만, 갈샨은 목동 일을 배우고 있었다. 이제 양을 꼼짝 못하게 붙들 수 있고, 다리를 절거나, 병든 양을 한눈에 알아볼 수 있었다. 짐승을 돌보는 일이 끝나면 바이타르는 갈샨을 혼자 돌려보냈다.

바이타르가 손짓을 하면 개들은 뒤를 따랐다. 말발굽이 간신히 자리를 찾을 만큼 가파른 비탈을 내려갔다. 한 번, 딱 한 번 갈샨은 바이타르를 따라나서고 싶었다. 갈샨이 따라가려 하자 바이타르는 가느다란 눈으로 갈샨을 돌아보며 말했다.

"후바와 후다가 있으니 개는 충분해!"

"늙은 바보 멍텅구리!"

갈샨은 낮은 목소리로 말했다. 눈에 눈물이 차올랐다.

"나는 손녀야. 개가 아니라!"

바이타르는 분명 그 말을 들었을 것이다. 갈샨은 장담할 수 있었다. 늙은이는 언덕 마루를 넘어서 삭사울 나무 사이를 지나 반대편 비탈을 올랐다.

갈샨이 숙영지에 도착했을 때 그 새가 하늘에 있었다. 새가

운다.

히―익― 히―익―.

나래를 활짝 펴고 점점 크게 동그라미를 그리며 하늘로 올라간다. 늙은이가 사라지면 새가 나타난다…….

"엄마한테 인사를 전해 줘. 내가 엄마 생각 한다고 전해 줘. 너무 보고 싶다고…….."

갈샨은 재무쇠의 목을 쓰다듬으며 중얼거렸다.

한날 아침, 풀숲에서 풀의 휘파람 소리 대신에 흙길을 달리는 우랄 소리를 들은 것 같았다. 아빠가 전조등을 세 번 깜박이면 갈샨은 손을 크게 허공에 휘젓고 우랄이 김을 피워 올리며 갈샨의 가슴팍으로 바짝 붙어 설 것만 같았다.

손님

스무이레째 되는 날.

정오가 지나자마자 하늘에 갑자기 구름이 덮였다. 북쪽에서 습기를 품은 큰 바람이 일었고, 바이타르는 짐승처럼 냄새를 맡더니 입을 열었다.

"눈이 오겠구나."

바이타르가 갑자기 흙길 쪽으로 고개를 돌렸다. 휘잉, 하는 바람 소리와 작은 쥐를 다투는 까마귀들의 울음소리 너머 낯선 소리가 뚫고 들어왔다. 엔진 소리다! 갈샨은 피가 거꾸로

솟는 것 같았다. 가슴이 부풀어 귀를 기울였다. 하지만 모기가 앵앵대는 것 같은 그 소리는 우랄의 우람한 소리가 아니었다. 지평선에 먼지구름이 일면서 갈샨과 바이타르가 있는 곳으로 가까워졌다. 오토바이 한 대가 나타났다. 러시아제 대형 오토바이다.

"귀찮은 놈이로군."

눈을 반쯤 감고 바이타르가 툭 내뱉었다. 오토바이가 멈추고 한 남자가 파카의 먼지를 털어 내며 내렸다. 추위에도 불구하고 그는 오토바이 손잡이에 정성스럽게 파카를 벗어 걸어 놓았다. 넥타이, 작은 안경, 회색 양복…… 그는 초원 한가운데, 양 떼 속에서 길을 잃고 정신을 못 차리는 것 같았다. 갈샨은 웃음을 참을 수가 없었다. 바이타르는 모른 체하고 있었다. 그는 모자를 쥐어짜면서 실기죽샐기죽 몸을 좌우로 흔들며, 한 발 한 발 저적거리며 걸어와서는 손을 가슴에 대고 바이타르를 향해 몸을 수굿했다.

"힐방 쭈과아입니다. 교육과 감독관입니다."

갈샨은 가슴이 뜨끔했다.

"손녀따님은……."

그가 갈샨을 손가락으로 가리켰다.

"이 지역에 등록이 되었습니다. 그런데 개학하고 나서도 한참 얼굴을 볼 수 없었지요. 학교에 보내지 않으시다니 놀랐습니다."

바이타르는 담배를 말아 쥐고 갈샨을 할긋 쳐다보고 느닷없이 물었다.

"읽을 줄 아냐?"

갈샨은 웃음을 참을 수 없었다.

"읽는 거요? 읽는 거야 오래전에 배웠죠. 책도 몇 권 가져왔는걸요. 여기 오기 전에 엄마가 선물로 줬어요. 하지만 아직 읽을 시간이 없었죠."

"좋아. 그럼, 셈은? 셈도 할 줄 아냐?"

"당연하죠!"

"그럼, 양 젖을 짤 줄은 아냐?"

구름 같은 담배 연기를 내뿜으며 늙은이가 말했다.

"아직 그렇게 잘하지는 못해요. 이제 막 시작한 거니까요."

"그럼, 늑대가 양 떼를 공격하면 막을 수 있냐?"

"늑대요!"

갈샨은 깔깔거리며 웃었다.

"그리고 또 뭐가 더 있어요?"

바이타르의 주름 자글자글한 얼굴이 감독관을 향했다.

"들었나, 힐방? 내 손녀는 자네가 가르치려고 하는 것은 이미 다 알고 있네. 그리고 내가 가르치려고 하는 것은 손녀가 모르는 것들이지. 한마디 더 하자면, 나는 젊지가 않아. 앞으로 살날이 얼마가 될지는 아무도 모르지. 그러니 이 녀석은 여기, 내 옆에 있는 것이 낫겠네. 눈보라 속을 달리고 싶지 않다면……."

늙은이가 손을 들어 구름이 밀려드는 하늘을 가리켰다.

"지금 출발하는 것이 좋을 거야. 잘 가게."

그리고 그는 발길을 돌렸다.

"하지만 바이타르!"

감독관이 성을 내며 말했다.

"어르신 맘대로 결정할 수 있는 일이 아니에요. 그럴 수 없어요. 갈샨은 학교에 가야 한다고요. 의무예요, 의무!"

바이타르는 안장을 올리지도 않고 말에 올랐다. 벌써 언덕 쪽으로 멀어졌다.

눈을 헤치고

밤이 이슥하도록 눈이 내렸다. 우유처럼 깨끗하고 차가운 날이 밝았다. 온통 눈이었다. 허리 숙인 풀 위에도 양털 위에도, 언덕에도…… 시선이 닿는 곳은 온통 숫눈벌이었다.

하늘에 구름은 모두 씻겨 나갔고, 계곡 너머로 거울처럼 빛나는 구루브 우울*(산)이 햇빛에 반짝인다. 갈샨은 새파란 하늘을 둘러보았다. 바이타르는 담배를 말았다.

"하늘을 날기에 참 좋은 날이구나."

"무슨 말이에요?"

"하늘을 날기에 참 좋은 날이라고 했다."

"무슨 뜻이에요?"

"무슨 뜻인고 하니, 힐방 같은 바보 멍청이들이 알 리 없는 걸 네게 보여 주겠다는 뜻이다. 가자!"

오솔길은 잘 보이지 않았다. 길은 가파르고 눈 때문에 미끄러웠다. 말들은 증기기관차처럼 거칠게 숨을 몰아쉬었고, 때로 발굽이 돌 위에서 미끄러졌다. 그러면 말들은 애먼 데를 디디지 않으려 조심조심, 허리에 간힘을 주고 다시 걸음을 내디뎠다.

삭사울 나무는 보이지 않았고 잿빛 바위와 흰 눈만이 있었다. 오르막은 좀체 끝나지 않았다. 추위에 얼굴이 에이는 것 같았고 입술은 마비되었다. 갈샨이 잘 따라오든 말든 상관없다는 듯 바이타르는 한 번도 뒤돌아보지 않았다.

수백 년 전의 목동들이 세운 커다란 돌담에 이르렀을 때에야 그들은 발길을 멈추었다. 아주 가까이에서 수리 우는 소리가 정적을 깼다. 갈샨은 소스라쳤다. 빈 하늘을 두리번거리며 그림자를 찾았다. 새는 어디에도 없었다. 다시 새 우는 소리가 들렸다. 몇 발자국 앞이다! 돌무더기 바로 뒤에서 나는 소리였다.

검독수리

"여기서 기다려라!"

바위틈으로 미끄러져 들어가며 바이타르가 속삭였다. 그가 다시 나타났을 때 갈샨은 숨을 쉴 수가 없었다. 오랫동안 말을 할 수도 없었다. 늙은이의 장갑 낀 손 위에…… 갈샨의 눈앞에 검독수리가 있었다. 갈샨은 단박에 알아보았다. 차궁 하늘에 매일 떠 있던 바로 그 새였다. 검은색과 금색이 어우러진 검독수리가 갈샨을 뚫어지게 쳐다보았다. 그러고는 부리 끝으로 갈색 깃을 고르고, 머리를 들어 날카롭게 울었다.

히—익. 히—익.

바이타르가 발에 묶여 있는 가죽끈을 늦추고 손가락을 들어 하늘을 가리켰다.

"크하르 어르신! 자, 이제 나시오!"

바이타르가 말했다. 검독수리는 한기가 들었는지 고개를 흔들며 콧바람을 일으켰다. 깃털 몇 개가 떨어졌다. 그리고 단숨에 날아올랐다. 날개가 얼어붙은 대기를 두드렸다. 돌벽을 스치듯 날며 멀어진다.

"크하르 어르신이 물줄기를 찾을 거야."

바이타르가 속삭이듯 말했다.

"저기…… 바위 근처에서 발견했구나. 저기 남향받이 제일 양지바른 곳! 봐라, 저기!"

크하르가 이번에는 날개를 활짝 펴고 하늘로 솟아오른다. 번개같이 빠르다. 잠깐 사이에 하늘 한가운데 보일 듯 말 듯한 까만 점이 되었다. 갈샨은 더 이상 춥지 않았다. 갈샨의 눈이 검독수리를 따라간다. 이제 갈샨은 검독수리의 눈으로 세상을 본다. 창공 높이 떠 계곡과 산을 내려다보고, 숲과 계곡 깊숙한 곳에서 일어나는 아주 작은 움직임까지 살핀다. 엄마의 모습이 보이는 것 같다. 침대에 누워 배에 손을 얹고 태동을 느끼거나, 책을 읽고 있는 엄마의 모습이…….

크하르는 갑자기 날개를 접고 돌멩이처럼 돌담 뒤로 떨어졌다. 갈샨은 정신이 어뜩해서 비명을 지르고 그쪽으로 달려가려 했지만 바이타르가 손을 들어 갈샨을 막았다. 곧, 검독수리가 다시 나타났다. 갈고리 발톱에 잔털이 송송한 둥그스름한 것이 축 늘어져 있었다. 크하르는 바위에 내려앉더니 주변을 조심스럽게 살피고는 방금 잡아 뜨뜻한 피가 흐르는 어린 토끼의 살 속으로 부리를 넣었다.

※ ※ ※

난로가 너무 뜨거워서 발갛게 달아올랐다. 뜨거운 열기가 손가락 끝까지 전달되었다. 간헐적으로 일어나는 불기가 팔을 타고 올라왔다. 찌그러진 쇠사발에 담긴 차에서 모락모락 김이 오른다.

"아타스*(할아버지), 처음 온 날부터 크하르 어르신을 보았어요. 새가 하늘에 떠 있는 모습을 보고 있으면 나도 같이 하늘을 나는 것 같았어요. 내가 어르신처럼 나래를 활짝 펴고 어르신의 눈으로 세상을 보는 것 같았는데…….”

바이타르는 담배를 말고 뜨거운 난로 속에 맨손을 넣어 엄지와 검지만으로 불붙은 잔가지를 꺼냈다. 갈샨은 지금까지 한 번도 바이타르를 '아타스'라고 부른 적이 없었다. 늙은이의 눈에 반짝, 하고 빛이 스쳤다.

"처음, 검독수리를 잡았을 때…….”

담배 연기를 내뿜으며 늙은이가 말했다.

"우리 아버지가 길들이는 것을 도와주었단다. 아버지는 검독수리를 잘 알았지. 그리고 매일 나와 함께 검독수리를 날렸다. 그런데 어느 날 아침, 검독수리가 너무 멀리 날아가서 아버지는 이제 돌아오지 않을 것이라고 생각했어. 나는 하늘을 보고 있었다. 하나도 걱정하지 않았어. 검독수리가 어디를 날고 있는지 정확히 알았고, 나도 어르신과 함께 날개를 펴고 날고 있었지. 어르신의 눈으로 세상을 보고 있었거든. 결국 한 시간이 넘어서 돌아왔단다. 내 아버지가 말씀하시기를 그동안 내 모습은 땅 위에 사는 인간이 아니라 하늘을 나는 수리 같다고 했단다. 아버지의 목소리에는 질투가 어렸었지. 나는 검독수리와 함께 날 수 있었으니까! 그 누구도 설명할 수 없는 느낌이지! 선택된 몇몇만 누릴 수 있는 특권이야. 너도 그 중 하나로구나, 갈샨. 리함에게 그런 행운은 없었어. 녀석이 너만 할 때 데리고 나섰는데, 아무것도 보지 못하더구나. 그놈에게는 그저 검독수리 사냥이었을 뿐이야. 그 이상은 아니었지……."

바이타르는 뜨거운 차를 한 모금 마셨다.

"하지만 전통에 따라 검독수리는 남자 소관이다. 여자는 검독수리를 만져서도 안 되지. 내가 아마도 검독수리를 길들일 줄 아는 마지막 사람일 게다. 크하르 어르신은 내 마지막 검독수리가 될 테고."

바이타르의 눈이 갈샨의 눈과 마주쳤다. 바이타르가 빠끔히 문을 열었다. 밖에는 칼 같은 바람이 불었다. 그는 자리에서 일어나 얼어붙을 듯한 바람 속에서 남은 담배를 태웠다.

쿠다야

갈샨은 귀 있는 데까지 따뜻하게 감싸고 바이타르 옆에서 말을 몰았다. 모피 외투에 서리가 앉았고, 말의 배에는 긴 고드름이 생겼다. 때로 늙은이는 지평선까지 텅 빈 하늘을 살폈다. 두 사람은 몇 시간 동안 쉬지 않고 달렸다. 개들은 추위 때문에 낑낑거렸다. 갈샨의 얼굴과 다리 그리고 손은 감각이 없었다. 바이타르는 칼을 꺼내 눈을 긁어서 작은 기름 버너에 녹여 차를 끓였다.

발밑에선 물이 얼음에 갇혀 흐른다. 유리처럼 투명한 얼음

아래 시냇물은 허둥지둥 잔가지를 계곡으로 나른다. 뜨거운 차 한 잔과 구루드*(딱딱한 치즈) 한 조각을 먹은 뒤 유목민 둘은 다시 길을 떠났다.

혹독한 추위가 잉걸불처럼 갈샨의 몸을 살랐다. 몸을 움직일 때마다 고통스러웠다. 갈샨은 눈물이 났다. 그때마다 바이타르가 주의를 주었다.

"울지 마라, 눈썹이 얼어붙는다."

그리고 한마디도 덧붙이지 않았다. 무엇을 하려는 것인지, 어디로 가는 것인지, 안장에 매단 양털로 싼 상자 안에 무엇이 들어 있는지도 말하지 않았다. 저녁이 되도록 바이타르는 입을 열지 않았다. 갈샨은 완전히 지쳤다. 게다가 서리는 옷을 파고들어 성난 짐승처럼 물어뜯었다.

바이타르는 삭사울 가지로 불을 피우고 크고 둥그런 돌을 대여섯 개 올렸다. 그리고 잠깐 사이에 바위틈에 작은 천막을 쳤다. 둥글게 땅을 고르고 그 위에, 불 위에 올렸던 돌을 놓고 양 가죽을 깔았다. 천막 안은 금세 따뜻해졌다.

갈샨은 델*(옷깃이 턱 밑까지 올라오고, 소매는 손이 감추어질 만큼 길며, 옷단이 무릎까지 내려오는 두루마기를 닮은 외투)을 벗고 피로에 지쳐 펠트 천을 깐 잠자리에 누웠다.

*　*　*

아침이 되자 두 사람은 다시 길을 떠났다. 추위는 깨진 유리처럼 혹독했다. 이런 날씨에 차궁을 떠나 이렇게 멀리까지 오다니 갈샨은 바이타르가 정신이 나간 게 아닐까 생각했다. 개들은 추위와 근육통 때문에 고개를 살래살래 흔들고, 말들은 고개를 숙이고 얼음과 바위밖에 없는 사막을 터벅터벅 걸었다. 한 시간도 되지 않아서, 한기가 구탈*(무릎까지 올라오는 가죽 장화)과 벙어리장갑을 파고들었다. 다시 고통이 시작된 것이다. 지난밤보다 더 견디기 힘들었다. 울면 안 돼, 절대 울면 안 돼! 갑자기 늙은이가 손가락을 들어 하늘을 가리켰다. 높이 떠서 손톱만 해진 수리가 돌고 있었다.

"배가 고플 거야."

바이타르가 낮은 목소리로 속삭였다.

"이렇게 전부 얼어붙었으니 먹이가 나오지를 않지. 적어도 사흘은 사냥을 못 했을 거다. 그래서 내가 먹이를 가져왔지."

바이타르는 조심조심 안장에 달고 온 상자를 열었다.

"자, 봐라. 검독수리 어르신의 식사야."

비둘기였다! 한낮의 햇살에 눈이 부셔 눈을 씀뻑거렸다.

"이렇게 잡아라, 갈샨. 날개를 몸통에 딱 붙여서……."

바이타르의 목소리는 흥분으로 떨리고 있었다. 그는 자루에서 새 눈을 가리는 작은 가죽 모자를 꺼냈다. 그리고 비둘기 다리에 긴 끈을 묶고 거기에 올가미를 달았다. 늙은이는 검독수리가 아직 하늘에 떠 있는 것을 확인하기 위해 하늘을 흘긋 올려다보고는 눈에 잘 띄는 곳에 비둘기를 놓았다.

"우리는 여기서 기다린다."

큰 바위 뒤까지 줄을 풀고 가면서 바이타르가 말했다.

"절대 움직이면 안 돼!"

하늘 높은 곳에 큰 동그라미를 그리며 검독수리가 활공하고 있었다. 바이타르가 끈을 살짝 당겼다. 비둘기가 중심을 잃고 날개를 퍼덕였다. 갈샨은 순식간에 추위도 고통도 잊었다. 오로지 검독수리 생각뿐이었다. 검독수리 어르신의 굶주림과 그 눈앞에 놓인 매력적인 먹이와……. 어르신은 꼼짝도 하지 않고 하늘에 떠서는 아직 결정을 내리지 못한 것 같았다.

바이타르가 줄을 툭 잡아챘다. 앞을 볼 수 없는 비둘기는 하늘로 날아오르려다 쿵, 하고 땅에 떨어졌다. 수리의 비행이 달라졌다. 속력을 늦추고 원을 좁힌다. 먹이를 발견한 것이다. 검독수리는 여전히 머뭇거렸다. 분명히 하늘에서 갈샨과 바이타르도 보일 것이다.

갑자기 검독수리가 갈고리 발톱을 쫙 벌리고 곧추 떨어졌다. 땅에 닿을 듯한 순간에 날개를 활짝 펴서 제동을 걸며, 강한 발톱으로 비둘기를 후려치더니 수 미터를 다시 날아올랐다가 날카롭게 울며 먹이를 향해 떨어졌다.

바이타르는 끈을 꼭 쥐고 꼼짝도 하지 않았다. 저 앞에 검독수리가 한쪽 발에 먹이를 꼭 쥐고 주변을 살핀다. 위협이 있는지 확인하려는 것이다. 검독수리의 눈이 주변의 사물들을 하나하나 샅샅이 살핀다. 몇 분쯤 지나 비둘기에게 눈길을 준다. 부리 끝으로 깃털 몇 개를 뽑더니, 여전히 팔딱팔딱 뛰고 있는 가슴에 부리를 박아 넣었다.

바이타르가 끈을 갈샨의 손에 쥐어 주었다. 느껴질 듯 말 듯 끈이 가늘게 떨리고 있었다. 검독수리의 발에 올가미가 걸렸지만, 먹이에 정신이 팔려 알아채지 못했다.

바이타르는 검독수리가 게걸스럽게 먹이를 먹는 모습을 가만히 두고 보다가 작은 걸음으로 다가갔다. 검독수리가 움직임을 멈추고 바이타르를 바라봤다. 하지만 먹이의 유혹이 더 컸는지 부리를 다시 비둘기의 배에 박았다.

바이타르는 또 다가갔다. 검독수리는 아무 일도 없다는 듯 식사에 열중했다. 늘쩡대는 인간 정도는 별로 걱정거리가 되지 않는 모양이었다. 바이타르가 또 몇 걸음 다가갔다. 검독수리도 더 이상 무시하기 어려울 만큼 늙은이는 가까이 있었다.

끈이 팽팽해지며 올가미가 천천히 조여졌다. 신경이 쓰이는 듯 검독수리는 피 묻은 부리를 들고 머뭇거렸다. 검독수리가 날아오르려는 찰나, 바이타르가 펄쩍 뛰어올라 몸통을 둘러잡고 다른 손으로는 발을 잡았다. 새는 날카롭게 울부짖으며 부리를 벌리고 공격하려고 했다.

"갈샨!"

바이타르가 헐떡이며 외쳤다.

"어서! 눈가리개를 가져와! 어서 씌워라! 거기…… 그렇게…… 좋아."

앞이 보이지 않는 검독수리는 천천히 부리를 닫았다. 갈샨이 손을 들어 검독수리의 깃을 가볍게 훑고 냄새를 맡아 보았다.

"네 검독수리다, 갈샨. 이제 너와 함께 하늘을 날 거야."

갈샨은 온몸이 부르르 떨렸다. 갑자기 뜨거운 눈물이 차올랐다.

"울지 마라!"

바이타르가 다시 주의를 주었다.

"눈썹 말이다! 속눈썹이 언다니까! 이름을 뭐라고 지을까?"

갈샨은 웃고 싶었지만 입술이 얼어 움직이지 않았다. 갈샨이 어렵게 입을 열었다.

"쿠다야*(하늘), 쿠다야 어르신이라고 할래요."

늙은이와 바다

서른나흘째 되는 날.

검독수리는 붙들리고 난 후 이틀 동안 눈가리개를 쓴 채 묶여 있어서 빛을 보지 못했다. 작은 소리에도 놀라 몸을 부르르 떨었다. 개 짖는 소리나, 양 울음소리나, 갈샨의 목소리가 들려도 검독수리는 몸을 사렸다. 갈샨은 바이타르의 조언에 따라 자주 검독수리를 찾아갔다.

"검독수리가 네 목소리만 들어야 해. 너만 알아봐야 한다."

너무 눈부시지 말라고 갈샨은 날이 저물기를 기다렸다. 갈샨이 침착하게 눈가리개를 벗겼다. 새는 눈밭에 반사된 흐릿한 빛에도 눈을 깜박였다. 몸을 부르르 떨더니 몸집이 두 배는 커 보이게 깃을 세웠다. 그러고는 날아가려고 날개를 폈지만 발에 묶인 짧은 끈 때문에 움직이는 것이 활발하지 않았다. 갈샨은 그 앞에 앉아 장갑 낀 손바닥에 죽은 참새를 올려 내밀었다. 바이타르가 끈끈이를 써서 참새 잡는 법을 알려 주었다.

"배가 고플 거다."

오늘 아침, 바이타르가 말했다.

"만약 오늘 네 손에서 먹이를 받아먹으면 성공이야. 하지만 그렇지 않으면 놓아주어야 한다."

놓아주다니, 갈샨은 꿈에도 생각하지 못한 일이다!

"먹어요, 쿠다야 어르신."

갈샨은 팔을 뻗으며 조용한 목소리로 애원했다. 갈샨의 목소리를 알아보는 듯 맹금은 고개를 기울였다. 검독수리는 자신이 처한 상황에 초연한 듯 한참 동안 한쪽 눈으로 지평선을 바라보았다. 멀리, 바이타르가 갈샨에게 참새를 좀 움직여 보라고 손짓했다. 갈샨은 보일 듯 말 듯 살짝 손을 움직였다. 참새 머리가 좌우로 흔들렸다. 쿠다야가 퍼뜩 고개를 돌려 참새를 유심히 살폈다. 쿠다야에게 갈샨의 손 위에 있는 작은 먹이는 매력적이었다. 하지만 허기와 의심 사이에서 망설이고 있었다. 검독수리의 본능은 어떤 것도 믿으면 안 된다고 말하고 있었다. 새로운 상황은 모두 덫이다.

묶이지 않은 발이 천천히 들리더니 장갑 위에 떠 머무른다. 갈샨은 숨죽이고 기다렸다. 갈고리 발톱이 내려와 조심스럽게 참새를 잡는다. 그리고 영원 같은 시간이 흘렀다. 아무 일도 일어나지 않았다.

천천히 발톱을 조이기 시작했다. 부리가 천천히 아래로 내려오더니 툭, 하고 먹이의 허리를 부쉈다. 혹한 속에서 작은 피 한 방울이 보였다. 갈샨은 행복에 겨워 꼼짝도 하지 않았다. 검독수리가 갈샨의 팔에 앉았다. 생각보다 가벼웠다.

쿠다야는 고기를 잘게 찢어 하나도 남기지 않고 다 먹고서는 손바닥까지 파헤치려 했다. 갈샨은 손바닥에 부리의 강한 힘을 그대로 느낄 수 있었다. 갈샨은 바이타르 쪽을 흘긋 보았지만 늙은이는 어느새 몸을 감췄다.

'검독수리가 너만 알아봐야 한다.'

갈샨은 눈가리개를 씌우고 밤이 깊도록 쿠다야 옆에 머물렀다. 다알라와 배 속에 있는 동생, 리함과 괴물 트럭 우랄, 아이보라의 이야기를 해 주었다.

"조금만 기다리면 이전처럼 다시 날 수 있게 될 거야. 약속할게, 쿠다야 어르신."

검독수리는 차분하게 앉아서 꼼짝도 하지 않았다. 하나도 두렵지 않다는 듯이 날개를 넓게 폈다.

숙영지로 돌아왔을 때, 바이타르는 남폿불 밑에 앉아 있었다. 바이타르는 다알라가 갈샨의 짐에 넣은 책을 무릎 위에 펼쳐놓고 눈을 가늘게 뜬 채 손가락으로 짚어 가며 중얼거리고 있었다.

"아타스! 아타스는 글을 못 읽는 줄 알았는데요!"

바이타르는 얼굴에 주름을 잡고 고개를 끄덕였다.

"그래. 책을 열면 글자들이 내게 이야기를 들려주지 않겠나, 하고 생각했어. 하지만 그렇지 않구나. 글자들이 책 밖으로 나오려고 하지 않아."

"읽는 법을 배워야지요."

"그런데 이것은 무슨 얘기를 하는 책이냐?"

"아직 잘 몰라요. 엄마가 좋아하는 책이에요. 《노인과 바다》라는 책이에요."

"《노인과 바다》?"

바아타르는 생각에 잠겨 제목을 되뇌었다.

"네 말은, 내가 이 책을 읽으면 바다가 어떻게 생겼는지 알 수 있다는 거냐?"

"그럴 것 같아요. 하지만 글자는 진짜 바다랑 완전히 같을 수는 없어요."

"아까 네가 어떻게 하는지 보고 있었다. 쿠다야 어르신이랑 정말 잘하더구나. 딱 내가 하라는 대로 했어. 그러니 만약 네가 글자들이 어떤 것인지 내게 알려 주면 나도 읽을 수 있을 거야. 아마 그럴 거야."

작은 혁명

갈샨과 바이타르는 계곡 깊숙한 곳에 말을 풀어 놓았다. 말들은 눈 속에서 감옥살이를 하고 있는 물을 찾으려고 코를 땅에 박고 돌아다녔다. 하지만 눈 속에 숨어 있는 드문 풀을 찾아 뜯는 것으로 만족해야 했다. 그날 이후로 갈샨은 쿠다야와 함께 말을 타고 다녔다. 검독수리에게 말 등에 앉아 균형을 잡는 것은 혹독한 훈련이었다. 처음에는 재무쇠가 움직일 때마다 안장 머리에 발톱을 꽉 박고 미친 듯이 날개를 퍼덕였다. 하지만 불과 며칠 만에 말의 움직임에 익숙해졌다. 이제는 말의 움직임에 따라 능숙하게 충격을 흡수할 줄도 알았다.

"쿠다야 어르신은 빨리 배우는구나."

바이타르가 말했다.

"내일은 한번 날려 보자. 그러려면……."

"들어 봐요!"

갈샨이 외쳤다. 엔진 소리가 바람 소리를 누르며 다가왔다. 바이타르와 갈샨은 망루의 감시자처럼 먼 곳을 바라보았다. 우르릉거리는 소리가 점점 가까워졌다.

"우랄이다!"

갈샨이 외쳤다.

"우랄이에요! 아빠예요!"

갈샨은 재무쇠를 속보로 몰았다. 쿠다야는 순간, 몸을 일으켜 세우더니 균형을 잃고 날개를 폈다. 그리고 앞으로 몸이 쏠리자 목을 길게 빼고 꼬리 깃을 활짝 폈다.

"천천히, 갈샨!"

바이타르가 고함쳤다.

"쿠다야가 놀라잖아!"

바이타르가 무슨 소리를 하는지 정확히 들리지는 않았지만,

갈샨은 손을 펴서 검독수리를 진정시키려고 깃을 쓰다듬었다. 쿠다야는 질겁해서 날갯짓을 했다. 쉽게 진정되지 않았다. 멀리 구름처럼 이는 눈 먼지는 우랄이 얼어붙은 길을 달려온다는 신호다. 우랄이 도착할 때 갈샨도 숙영지에 도착했다. 쿠다야는 불안한 듯 안장 머리에 앉아서 깃털을 빳빳이 세웠다.

우랄의 배기구에서 검은 연기가 흘러나온다. 전조등에는 잿빛 진흙 먼지가 두텁게 덮여 있었다. 추위와 눈 속을 헤치고 먼 길을 온 흔적이다. 갈샨은 크게 팔을 흔들 준비를 했다. 하지만 아무 일도 일어나지 않았다. 경적 소리도 없었고 전조등을 깜박이지도 않았다. 우랄이 멈추고 커다란 바퀴들이 눈을 움켜쥐고 섰을 때에야 리함이 딸을 발견했다. 그는 차에서 내려 다른 문으로 내리는 누군가를 도왔다.

남자는 습관처럼 파카의 먼지를 털고, 몇 겹의 스웨터 속 깊이 맨 넥타이를 의례적으로 고쳐 맸다. 힐방 쭈과아였다! 감독관이 입가에 가는 미소를 머금고 허리를 수긋했지만, 바이타르는 아들을 향해 성큼성큼 걸어갔다.

"바이타르!"

리함이 먼저 입을 열었다.

"지금 학교에서 오는 길이에요. 갈샨이 여기에 와서 한 번도 학교에 가지 않았다면서요. 말 좀 해 보세요."

늙은이는 조용히 담배를 말았다. 손으로 바람을 막으며 구식 라이터로 불을 붙였다. 구름 같은 연기를 내뿜고는 얼굴에 주름을 가득 잡고 입을 열었다.

"잘 지냈나, 리함? 말은 수월하게 몰았나?"

바이타르는 '여행은 괜찮았나?'라는 뜻의 옛날 유목민들이 쓰던 인사로 물었다.

"갈샨이 왜 여기에 있죠?"

골이 난 목소리로 리함이 물었다.

"왜 학교에 가지 않고 아버지와 함께 있냐고요?"

"나는 얘가 태어나고 나서 서너 번밖에 보지 못했다. 내 말이 틀렸나?"

"그건 다른 문제죠!"

"먼저 내 말을 들어라. 태어난 뒤로 갈샨은 내가 양 떼를 보러 간 것보다 더 많이 학교에 갔을 거야. 읽을 줄도 알고, 나보다 셈도 잘하겠지. 우리가 같이 있을 시간은 백쉰사흘뿐이야. 그러니 내버려 두렴, 리함. 잠시 우릴 내버려 둬. 시간이 더 지나면 그때는 너무 늦어. 나 같은 늙은 목동이 알고 있는 작은 일들을 가르칠 기회가 다시는 없을 거야."

"당연히 그렇죠."

리함이 겸연쩍은 목소리로 말했다.

"하지만 갈샨이 학교에 가지 않는 날이나 저녁에 가르칠 수도 있잖아요."

바이타르는 고개를 가로젓고 재무쇠의 안장에 늠름하게 앉아 있는 검독수리를 가리켰다.

"쿠다야 어르신은 밤낮 기다리시지 않아."

눈이 휘둥그레져서 리함이 쿠다야에게 다가갔다. 검독수리를 미처 보지 못했던 것이다. 리함이 어르신을 향해 손을 뻗었다. 하지만 갈샨은 아빠의 손이 닿지 못하게 쿠다야를 뒤로 물렸다.

'검독수리의 짝된 사람만 어르신에게 손댈 수 있다.'

"검독수리! 갈샨에게 검독수리를 가르쳤어요?"

"그래, 재능을 타고났다. 갈샨과 쿠다야는 짝이 아주 잘 맞는다. 열흘이 갓 되었지만, 내일 첫 비행이다. 여기 조금 더 머물면 네 딸이 검독수리 어르신을 날리는 것을 볼 수 있을 거다."

힐방 쭈과아가 질겁한 얼굴로 다가왔다.

"하지만 바이타르, 우리가 중세를 살고 있는 게 아니잖아요. 이 시대 우리의 사명은 이 나라를 현대화하는 것이에요. 갈샨 또래의 세대가 기술자나 의사, 프로그래머가 될 수 있도록 우리는 모든 노력을 기울여야 한다고요. 조금만 있으면 우리 중학교에도 컴퓨터가 들어올 거예요. 그런데 어르신은…… 어르신은 검독수리 사냥이나 가르친단 말이에요? 그 낡은 재주가 아무짝에도 쓸모없다는 것을 알고 계시기는 한 거예요? 그런 바보 같은 일에 갈샨의 소중한 시간을 낭비하고 있단 말이에요! 배울 수 있을 때 배워야 하고 갈샨에겐 바로 지금이 그때란 말입니다. 말 좀 해 봐요, 리함! 세상에, 말 좀 해 보라니까요! 당신 아버지이고 당신 딸이니……."

리함은 아무 말도 못 하고 가만히 서 있었다. 갈샨이 아빠의 손을 살며시 잡았다.

"밤이 되기 전에 모셔다 드릴게요, 힐방."

리함의 입에서 흘러나온 말이었다.

"하지만 이대로 내버려 둘 생각이요? 아무 말도 안 할 거요?"

감독관은 흥분에 목이 메는 듯했다.

"그렇소, 당신을 바래다 드리리다."

"상부에 보고할 거요, 리함! 경고하겠소. 검독수리고 나발이고 법이 있소. 이 나라의 아이들은 의무적으로 학교에 가야 한단 말이요. 당신 아버지 같은 미친 늙은이들이야 제 고집대로 한다지만, 당신은 뭐요!"

리함은 힐방의 팔을 잡고 우랄로 끌고 갔다.

"한 번만 더 우리 아버지를 미친 늙은이라고 부르면 당신은 걸어서 집으로 돌아가야 할 거요! 도움이 될 만한 얘기를 하나 해 주지. 추위가 이쯤 되면 늑대들이 내려온다오. 지금쯤 무척 굶주려 있을 거요."

* * *

리함이 돌아왔을 때, 바람이 불고 있었다. 리함은 너무 덥다고까지 할 수 있는 게르 안에서 옛날의 그 따뜻한 정취를 느꼈다. 리함의 얼굴에 웃음이 피었다. 게르의 풍경은 리함의 어린 시절과 하나도 달라지지 않았다. 단지 그 자리에 어머니만 없을 뿐이었다. 리함의 어머니는 몇 년 전 겨울에 돌아가셔서 산

어귀에 납작한 돌로 만든 돌무덤 아래에서 영원한 안식을 취하고 있었다.

돌풍이 일 때마다 난로 속의 불꽃이 격렬하게 흔들리면 그림자가 춤을 춘다. 어스름 속에 바이타르가 갈샨에게 작은 물건을 건넨다. 무엇인지 잘 보이지 않았다. 리함은 눈을 비볐다. 책이다! 책이었다!

"늙은이 이야기를 마저 읽어 주련?"

리함은 생게망게해서 눈만 멀뚱거릴 뿐이었다. 전통을 깨고 갈샨에게 검독수리 사냥을 가르치지 않나! ─그것만으로도 혁명이었다.─ 게다가 이제는 갈샨에게 책을 읽어 달라고 하지 않나! 갈샨은 남폿불 밑에 앉아 책을 읽기 시작했다.

> 항구를 벗어나서 모두 흩어졌다. 각자 제 요량대로 고기를 잡을 만한 대양 여기저기로 흩어졌다.

셋 중 누구도 대양을 본 사람은 없었다. 책에 나오는 말들은 모두 낯설고 이상했다. 한구석에 웅크린 채 바이타르는 눈을 감고 있었다. 아마도 잠든 것이라고, 리함은 생각했다. 갈샨은 계속 책을 읽어 나갔다.

그의 앞에 검고 커다란 날개를 편 바다수리가 하늘에 동그라미를 그리고 있었다……

늙은이가 소스라쳤다.
"수리가! 바다에도 수리가 있구나!"
바다수리…… 바다수리는 어떻게 생겼을까? 노인이 낚싯줄 끝에 커다란 물고기가 걸렸다고 생각하는 대목에서 갈샨은 읽기를 멈추었다. 세 사람 각자가 땅보다 물이 더 많은 세상을 상상하고 있었다. 리함은 삭사울 가지를 난로에 집어넣으며 아버지를 향해 몸을 돌렸다.
"그런데 왜 저에게는 검독수리 사냥을 안 가르쳐 주셨어요?"
대답 대신 잠든 듯한 숨소리만 들려왔다. 바이타르는 자고 있었다. '능청스런 노인네. 자는 척이나 하고…….'라고 리함은 생각했다.

첫 비행

 구루브 우울 너머로 숫눈벌만큼이나 얼어붙은 태양이 떴다. 멀리 침묵 속에서 바이타르와 리함이 갈샨의 팔뚝에 앉아 있는 검독수리를 바라보고 있었다. 갈샨은 조심스럽게 눈가리개를 벗기고, 사뿐하게 손목을 흔들어 쿠다야를 돌 위에 앉혔다. 갈샨은 따뜻한 작은 참새 한 마리를 줄 끝에 달았다. 그리고 머리 위에서 힘차게 돌리다가 놓았다. 쿠다야는 온몸의 근육을 팽팽하게 긴장시켜 갈샨의 동작 하나하나를 주의 깊게 보고 있다가, 참새가 눈밭에 닿기가 무섭게 몸을 부르르 떨더니 한순간의 머뭇거림도 없이 날아올랐다. 검독수리 뒤로 줄이 풀려 나왔다.

날갯짓을 한두 번 했을까? 살아 있는 먹이에 달려들 듯 맹렬하다. 부리에 피를 묻히고 고개를 들어 사나운 기세로 주변을 살폈다. 갈샨은 그 앞에 웅크리고 앉아 쿠다야가 먹이를 먹는 모습을 바라보았다. 쿠다야는 먹이를 다 먹고 부리 끝으로 깃을 다듬었다. 갈샨은 꼼짝하지 않고 쿠다야가 몸단장을 끝낼 때까지 기다렸다.

그리고 장갑 낀 손을 뻗어 작은 간 조각을 흔들며 짧게 휘파람을 불었다. 쿠다야는 힘차게 히—익, 하고 울더니 날개를 활짝 펴고 날아와 부드럽게 갈샨의 장갑 위에 앉았다. 발톱에 부리를 문지르고 갈샨의 손에서 고기를 받아먹었다. 붙들리고 난 후 첫 비행이었다.

갈샨은 아빠가 있는 쪽을 힐끔 쳐다보고 웃음 지었다. 리함은 딸이 자랑스러우면서도 묘한 기분이 들었다. 옆에 있는 바이타르는 아무 일도 아니라는 듯 담배를 말았다. 저 앞에서 갈샨은 팔에 쿠다야를 얹고 걸음을 옮기며 낮은 목소리로 말을 걸고 있었다.

쿠다야의 자유 비행

쿠다야 어르신은 매일매일 더 멀리 날았고 이제는 갈샨의 손에 들린 먹이를 향해 날아올 줄도 알았다. 갈샨이 작은 먹이를 끈에 달아 돌리면 검독수리는 먹이가 땅에 떨어지기도 전에 힘차게 달려들어 갈고리 발톱으로 낚아챘다. 점점 길어지는 줄에도 아주 수월하게 익숙해졌다. 가끔 끈이 방해가 되기도 했는데 끈의 무게 때문에 비행 중 균형을 잃기도 했다.

"내일은 제 날개로 날게 해야겠다."

바이타르가 어느 날 저녁, 난로 안을 뒤적이며 말했다.

'제 날개로!'

갈샨은 이스탄불의 작은 돌을 꼭 쥐었다. 갈샨의 작은 심장이 쿵쾅거렸다. 쿠다야가 제 날개로 난다는 것은 줄을 풀고 아무 구속 없이 혼자 날게 한다는 뜻이다. 이제 검독수리는 자유를 찾을 것이고, 멀리 날아갈 수 있으며, 야생의 삶을 되찾을 수 있다는 뜻이다. 바이타르는 난로 앞에 앉아 《노인과 바다》 이야기를 들었다.

모두가 자기 기회를 갖는 법이다. 인간이든, 새든, 물고기든……

갑자기 갈샨이 읽기를 멈추었다. 갈샨과 바이타르 둘 다 마음이 다른 곳에 가 있었다. 갈샨은 난로의 웅신한 불빛 아래 다알라의 이름을 부르며 쉰나흘째 되는 날을 공책에 표시했다. 밖에는 유리처럼 깨지기 쉬운 어둠이 덮였다.

밤새 추위에도 불구하고, 갈샨은 땀에 흥건하게 젖어 여러 번 자리에서 일어났다. 똑같은 악몽이 갈샨을 괴롭혔다. 줄을 풀자 검독수리는 당장 하늘로 날아올랐다. 춥고 흰 하늘로 점점 멀어진다. 점점 작아지더니 눈에 보이지 않게 되었다. 그리고 영원히 모습을 감췄다. 같은 순간, 저 멀리 이콰투루우에 다알라의 배가 임신하기 전처럼 납작해졌다.

정적 속에서 잠이 깼을 때, 막 날이 밝고 있었다. 바이타르는 이미 나간 후였다. 당연히 침상 발치에 쿠다야 어르신을 부르는 데 쓰는 작은 고기 조각을 놓고 갔다.

갈샨이 눈가리개를 벗기자 쿠다야는 몸을 세우며 몸을 흔들어 깃을 털고 우렁차게 히-익, 하고 울었다. 오늘 비행은 이전의 비행과 다르다는 것을 알고 있는 듯했다. 갈샨이 떨리는 손으로 검독수리를 쓰다듬고 발을 묶고 있는 줄을 풀었다. 쿠다야 어르신은 자유다. 갈샨은 뒷걸음질로 물러섰다. 눈물 때문에 눈앞이 흐려졌다.

쿠다야는 가만히 있다가 퍼뜩 날아올라 얼어붙은 대기를 날개로 두드린다. 날갯짓 몇 번에, 갈샨을 만나고 나서 한 번도 올라 보지 못한 높이까지 닿았다. 갈샨의 머리 위를 똑바로 지나, 부리를 창백한 겨울 해를 향한 채 구루브 우울을 향해 날아갔다. 갈샨은 차고 흰 하늘을 향해 멀어지는 쿠다야 어르신을 바라보고 있었다. 쿠다야 어르신은 보이지 않을 만큼 점점 작아지더니 결국 시야에서 사라졌다. 갈샨은 울음을 터뜨렸다.

"쿠다야!"

갈샨은 하염없이 외쳤다.

"쿠다야!"

갈샨의 목소리가 계곡에 부딪쳤다가 되돌아왔다.

"쿠다야… 다야… 다야… 다야…….”

검독수리는 보이지 않았다. 바이타르가 준비한 고기 조각을 줄 끝에 달아 머리 위에서 돌리며 미친 듯이 휘파람을 불었다. 고기 조각은 한참을 날아가 언 땅에 떨어졌다. 하늘은 비어 있다. 갈샨은 무릎을 꿇고 얼어붙은 땅에 웅크렸다. 쿠다야는 다시 자유를 얻은 것이다.

그런데 갑자기 머리 위에서 낯익은 바람이 불었다. 쿠다야가 날개를 활짝 펴고 땅에 떨어진 고기 조각을 향해 부드럽게 미끄러졌다. 그리고 이전 날과 마찬가지로 게걸스럽게 먹어 치웠다.

갈샨은 기쁨을 이기지 못해 입술을 깨물고 눈물이 얼어붙은 얼굴로 조용히 검독수리가 먹이를 먹는 것을 지켜보았다. 그리고 심장고기 한 조각을 내밀었다. 한 번의 날갯짓으로 쿠다야는 갈샨의 팔뚝에 올라앉아서 귀한 고기를 맛있게 먹었다. 차궁의 하늘 아주 높은 곳에서 크하르 어르신이 크게 동그라미를 그리며 쿠다야를 환영하는 듯했다.

* * *

그 이후로 쿠다야는 날씨가 좋으면 자유롭게 하늘을 날았다. 힘차게 몇 번 날개를 쳐서 올라가 상승기류를 타면 갈샨의 시야에서 사라질 만큼 높이 올라갔다. 하지만 갈샨은 이제 쿠다야를 굳게 믿고 있었다. 갈샨은 눈을 반쯤 감고, 황홀한 비행을 맛보았다. 얼어붙은 공기에 부르르 떨며, 차분하게 앉아 있는 봉우리와 계곡 위를 활공했고, 이콰투루우 하늘까지 날아갔다.

그리고 휘파람으로 부르면 기분 좋게 히―익, 하며 먹이를 향해 달려드는 쿠다야를 바라보았다. 바이타르가 이 모든 모습을 지켜보았다. 쿠다야는 이제 사냥할 준비가 되었다.

최고장

일흔하루째 되는 날.

힐방 쭈과아는 해가 뜨기도 전에 도시를 벗어나고 있었다. 차궁으로 가는 것이다. 돌풍이 크게 일어 계곡을 쓸고 갔고, 작은 눈송이들이 천천히 쌓인다. 눈송이는 바늘처럼 날카롭다. 교육 감독관 힐방 쭈과아는 가는 길 내내 추위에 떨었다.

떨리는 손으로 오토바이의 시동을 끄고 바이타르 앞에서 조용히 허리를 숙였다. 입술이 얼어서 입을 열지도 못했다. 바이타르는 그의 장갑 낀 손에 검은 차 한 잔을 건네고 감독관의 몸이 녹을 때까지 잠자코 기다렸다.

힐방은 한기가 가시지 않는 듯 연신 몸을 떨며 난로에 딱 달라붙어서 찻잔 위에 얼굴을 대고 몸이 다시 데워지기를 기다렸다. 그러고는 고통스런 표정으로 장갑 한 짝을 벗고 바이타르에게 봉인된 봉투 한 장을 엄숙하게 건넸다.

"이게 뭔가?"

늙은이가 손가락 끝으로 봉투를 받으며 물었다.

"최고장입니다."

"그게 뭔지 나는 몰라."

"읽어 보면 아실 겁니다."

"나는 읽을 줄 모른다네."

"그럼 손녀한테 읽어 달라고 하십시오."

"누구한테 온 편지인가?"

"어르신이요."

"그러면 내 손녀가 읽을 것이 아니잖아."

"제가 읽어 드릴까요?"

힐방이 치미는 화를 참는 듯 한숨을 쉬었다. 바이타르는 상관없다는 듯 어깨를 으쓱했다. 감독관은 둔한 손놀림으로 봉투를 뜯고 도장과 서명이 가득한 종이를 꺼냈다.

> **발신 : 5학군 교육청장**
> **수신 : 바이타르**
>
> 5학군 감독관 힐방 쭈과아의 건의와 교육법 5조, 6조, 7조에 근거하여, 목동 바이타르 바아타르는 금일 손녀 갈샨 바아타르와 함께 당 중학교 제3교실로 출석할 것을 최고함. 출석 최고를 즉각 실행하지 않을 경우 공권력을 발동하여 출석을 강제할 수 있음.

* * *

바이타르는 주머니에서 담배쌈지를 꺼내 담배를 말았다.

"따뜻하게 입어라, 갈샨."

힐방이 명령조로 말했다.

"나와 함께 학교에 가야 하니까. 오늘 저녁에 할아버지를 다시 보게 될 거야."

"그것은 나라님 문서인가?"

바이타르가 물었다.

"그렇고말고요."

힐방은 늙은이에게 종이를 내밀며 말했다.

"도장도 다 있어요. 차 좀 더 마셔도 될까요?"

"맘껏 드시게. 손님은 이 집의 주인이나 마찬가지지."

한참 있다가 바이타르가 말했다.

"그런데 내 눈에는 도장이 하나도 보이지 않는군."

5학군 교육 감독관 힐방 쭈과아가 뒤로 돌아섰을 때, 최고장은 난로 속에서 타고 있었다.

"쓸데없는 짓입니다!"

힐방의 이빨 사이에서 쇳소리가 났다.

"내일 아침 교육청에서 사람이 나와 손녀따님을 데리러 올 겁니다. 이 종이를 태운다고 해도 소용없어요!"

"오늘 아침 눈을 보았나, 힐방?"

"무슨 말씀이신지 모르겠군요."

"쉬운 질문이야. 오늘 아침에 내린 눈을 잘 보았느냐고."

"딱히 잘 보지는 못 했습니다만, 왜 그러시죠?"

"눈송이가 얼마나 가늘고 날카로웠는지 보지 못했군. 바늘

같은 삭사울 잔가지처럼 끊겨 있는 것을."

"그래서요?"

"그것은 틀림없는 징조지. 몇 시간 지나면 쭈트가 이곳을 쓸고 갈 거야. 북쪽에서 무서운 바람이 일 것이네. 오늘보다 훨씬 추울 것이고, 자네 평생에 겪은 어떤 추위보다 혹독할 거야. 자네도, 나도, 자네 나리도 그런 날에 길을 떠날 수는 없을 거야."

힐방이 웃음을 터뜨렸다.

"바이타르 어르신! 다른 세상을 살고 계시군요. 어제 저녁 일기예보에는 전혀 그런 얘기가 없었어요. 저를 믿으세요. 우리 기상청은 어르신보다 훨씬 완벽한 관측 장비를 가지고 있단 말예요."

바이타르의 눈가 주름이 가볍게 일그러졌다.

"아마도…… 분명히…… 자네 기상청은 올해 마멋과 생쥐들이 일찍 땅속으로 들어갔다는 것을 모르는 게로군. 그리고 요사이 내린 눈의 눈송이도 못 본 게야. 옛날 어르신들이 내게 가르쳐 주셨지. 힐방, 나를 믿게."

죽음의 흰 가루

매일 저녁 바이타르는 갈샨에게 《노인과 바다》 이야기를 들었다.

동쪽에서 구름이 모이더니 하나둘씩 별을 가리기 시작했다. 노인은 알 수 있었다. 바람이 잦아들었다. 노인이 혼잣말을 했다.
"사나흘 뒤면 혹독한 날씨를 겪겠군. 하지만 오늘 밤은 아니야. 내일도 아니군……."

바이타르가 고개를 가로젓고 차를 한 모금 마시더니 입을 열었다.

"네 책이 틀렸다, 갈샨. 혹독한 날씨는 오늘 밤이야."

"하지만 아타스, 이건 진짜가 아니라 이야기 속에서 일어나는 일이에요."

"이야기건 뭐건, 내 말은 네 책이 틀렸다고."

그렇게 말한 뒤 바이타르는 밖으로 나가서 게르가 땅에 튼튼하게 고정되어 있는지 살폈다.

* * *

한밤이 되었을 때 갑자기 센 바람이 일었다. 잠깐 사이에 거센 폭풍이 사납게 차궁에 몰아쳤다. 점점 사나워지는 돌풍에 어둠도 깨져 나갈 것만 같았다. 얼음과 눈이 섞여 게르를 때렸다. 갈샨과 바이타르는 침상에서 일어났다. 바람이 계곡을 후비며 짐승처럼 울부짖었다. 후다와 후바는 귀를 내리고 바람이 오는 쪽으로 등을 대고 숨어 있다. 잠깐 사이에 개들은 눈 속에 묻혔다. 순간, 심한 돌풍이 일어 숙영지를 호되게 때렸다. 기둥이 우지직거리며 곧 부러질 것만 같았다.

"다브카르 쭈트……."

바이타르가 이를 꽉 물고 중얼거렸다.

"큰 고통이 있겠어."

다브카르 쭈트! 죽음의 흰 가루!

난로의 입구까지 장작을 채웠어도 게르 안의 온도는 무섭게 떨어졌다. 아주 작은 틈을 통해서도 늑대처럼 추위가 파고들었다. 바이타르는 여러 번 자리에서 일어나 커다란 양털 뭉치를 가지고 틈을 메웠다. 하지만 소용없었다.

펠트 천 표면에는 유리처럼 단단하고, 매끄럽고, 투명한 얼음 막이 덮였다. 새벽 즈음 바이타르가 일어나 불을 살펴본 뒤 갈샨에게 다가와서 오랫동안 손녀딸을 바라보았다. 밖에서는 바람이 새된 소리로 울고 있었다. 갈샨도 잠들지 못했다. 거칠거칠한 손이 갈샨의 이마와 앞머리를 쓰다듬는 것이 느껴졌다. 바이타르의 따뜻한 손길은 이곳에 도착하고 처음이었다. 바이타르는 갈샨의 이불을 어깨 위로 끌어올려 덮어 주고는 뭐라고 중얼거렸다. 그러나 아타스의 목소리는 바람에 쓸려가, 갈샨은 들을 수 없었다.

날이 밝았지만 날이 밝았는지 알 수 없었다. 하늘은 흰색 거친 물결에 잠겨 보이지 않았다. 바이타르는 마지막 삭사울 가지를 난로 속에 넣었다. 몇 시간 지나자 삭사울 가지는 열기의 환영만 남기고 난로 속으로 사라졌다. 점점 거세지는 눈 폭풍은 전혀 그칠 기미가 보이지 않았다.

"곧 돌아오마."

바이타르가 그르렁거리는 목소리로 말했다.

"절대 밖으로 나가서는 안 된다."

그가 문을 빠끔히 열었다. 폭풍은 영원히 멈추지 않을 것 같았다. 갑자기 게르 앞 눈과 얼음의 작은 구덩이가 부산했다. 개들이 그 틈을 이용해 낑낑거리며 게르 안으로 들어오려고 했다. 갈샨은 이불 속에 웅크리고 있었다. 한참 동안 늙은이는 돌아오지 않았다.

바이타르는 얼음이 얼굴에 덮여서 눈 두 개만 뚫린 흰 가면을 쓴 듯했다. 고통스럽게 얼굴을 찡그린 채 두 손으로 배낭을 풀어놓고 난로 앞에 앉아 장작을 쟁였다. 곧 쓰디쓴 연기가 피어올랐고 돌풍이 연기를 순식간에 흩었다.

눈보라 소동은 여전했다. 흰 가루는 계곡 깊숙한 곳까지 달려 들어가며 짐승처럼 쉰 소리로 요란하게 울었다. 폭풍은 미친 듯이 날뛰며, 온 힘을 다해 차궁을 때렸다. 갈샨은 이스탄불의 검은 돌을 손에 꼭 쥐고 두려움에 비명을 질렀다. 게르를 덮은 펠트 천이 크게 부풀었다. 게르가 땅에서 뽑혀 하늘로 날아갈 것 같았다. 게르를 지지하는 받침대 몇 개가 갈대 부러지듯 건조한 소리를 내며 부러졌다. 바이타르가 다가와서 갈샨의 어깨에 팔을 둘렀다. 갈샨은 늙은이의 품에 꼭 안겼다. 두 사람은 자연이 휘두르는 폭력에 진이 빠져 침묵 속에서 서로의 몸을 녹였다.

장작은 금방 다 탔다. 바이타르는 다시 밖에 나갈 수가 없었다. 무서운 바람과 다시 맞설 수는 없는 일이다. 두 사람은 천천히, 천천히 기운이 빠져 갔다. 뱃속에 두려움이 엉겼다. 시간이 멈춘 것만 같았다.

게르는 곧 무너질 것처럼 흔들렸다. 갈샨은 이제 제 몸이 제 몸이 아닌 것 같았다. 추위로 몸이 굳어 갔다. 꿈처럼 달콤하고 부드러운 영상이 풀린다. 다알라의 웃는 얼굴, 이콰투루우의 먼지 날리는 거리, 그 거리를 걸어가는 아이보라……

쿠다야 어르신이라면 얼음처럼 차갑고 하얀, 이런 하늘에서도 높이 떠 있을 수 있을 것 같았다. 갈샨의 살을 천천히 파먹고 있는 먹먹한 마비증 같은 하얀 가루 너머로 날 수 있을 것만 같았다.

팔다리가 천근만근 무거웠다. 온 세상이 조용해졌다. 아마도 이것이 죽음인가 보다 하고 갈샨은 생각했다. 마음속에 어떤 걱정도 없었다. 넓디 너른 황야에 버려진 느낌. 다브카르 쭈트, …… 죽음의 흰 가루……

"쿠다야 어르신 우리 엄마한테 전해 줘."

갈샨이 중얼거렸다.

"나를 찾으러 오라고 전해 줘. 여기는 너무 추워. 다알라 배 속의 아가는 따뜻하겠지."

죽어 가는 작은 새처럼 갈샨의 머리가 바이타르의 어깨에 힘없이 부딪쳤다. 늙은이가 갈샨을 흔들더니 비명 소리가 나오도록 귀뺨을 후려쳤다.

"잠들면 안 돼, 갈샨! 절대 잠들면 안 된다."

어디서 기운이 솟았는지 바이타르가 벌떡 일어나더니 마른 치즈를 넣어 두는 조그마한 장으로 달려가서 도끼를 휘둘렀다. 그리고 장작이 된 서랍장을 난로 안에 던져 넣었다. 불꽃이 튀어 올랐다. 멧돼지처럼 달려드는 바람에 불꽃이 심하게 몸을 흔들었다. 바이타르는 난로에 닿을 듯 갈샨을 바짝 붙여 앉히고는 온몸을 비비기 시작했다. 피부에 열이 나서 빨개지고 불이 붙듯 할 때까지 계속했다. 갈샨이 울음을 터뜨렸지만 바이타르는 멈추지 않았다. 한순간도 멈추지 않았기 때문에 바이타르는 입술을 떨며 거친 숨을 몰아쉬었다.

※※※

흰 가루는 쉬지 않고 사흘 동안 계속되었다. 얼음장 같았고, 끈질기고, 무서웠다. 바람이 잦아들 때까지 바이타르는 손에 잡히는 것은 무엇이든 다 태웠다. 자기 침상까지도 태웠다. 곡식 가루를 담은 자루들도 하나둘 배를 터서 모두 난로에 쏟아 넣었다.

갈샨은 용기를 내서 밖으로 나갔다. 얼굴 앞에 내뱉은 숨은 곧 미세한 얼음 알갱이로 변해서 입술 앞을 떠다녔고, 주먹으로 배를 얻어맞은 것처럼 추위는 숨을 틀어막았다. 멀리 여남은 마리의 말들이 서로 몸을 비비며 추위와 싸우고 있었다. 그

중에 재무쇠도 보였다. 생명의 흔적은 그것뿐이었다.

　사방천지, 계곡까지 초토화되었다. 땅, 바위, 온 세상이 무쇠처럼 단단하고 두꺼운 얼음 껍질 속으로 사라졌고, 양 떼의 흔적도 없었으며, 동쪽으로도 서쪽으로도 하늘과 땅의 경계가 보이지 않았다. 눈이 멀 것 같은 흰색이었다. 죽음의 흰 가루뿐이었다.

쭈트가 지나간 자리!

쿠다야 어르신의 집은 돌과 얼음으로 폐허가 되었다. 검독수리는 깃털이 다 헝클어져서 날개 죽지에 머리를 묻고 한구석에 웅크리고 있었다.

"쿠다야……."

갈샨이 웅얼거렸다.

"쿠다야……."

검독수리는 움직이지 않았다. 하지만 가슴 깃이 희미하게 움직이는 것으로 보아, 아직 숨이 붙어 있다는 것을 알 수 있었다. 갈샨은 델을 벗어 새를 감싸 안았다. 쿠다야는 꼼짝도 하지 않았다. 지금까지 그렇게 가벼웠던 적은 없었다. 갈샨은 쿠다야를 데리고 게르 안으로 들어왔다. 목이 메었다. 추위로 살이 에이는 듯했고 허파에 불이 붙는 것 같았다. 울면 안 된다.

바이타르가 눈 속에서 젖은 나무 얼마를 구해 와 난로에 넣었다. 바이타르는 얼마간 거리를 유지하고 눈으로만 쿠다야 어르신을 살폈다. 검독수리는 고개를 똑바로 들려고 애를 썼다. 흐려진 눈에는 빛이 없었다.

"살 것 같아요?"

갈샨이 떨리는 목소리로 물었지만, 바이타르는 대답하지 않고 멀어졌다. 갈샨은 울음을 참을 수 없었다. 쿠다야를 구해야 한다. 쿠다야가 살면 다알라 배 속의 아기도 살 것 같았다. 갈샨은 그렇게 믿었다. 얼어붙은 육포를 가늘게 찢어 불 옆에 놓았다.

* * *

박차를 한 번 차니 바이타르의 말이 얼마 남지 않은 좁은 경사 길을 올라 잿마루에서 멈추었다. 무거운 침묵만이 그들을 둘러싸고 있었다. 늙은 목동은 죽음의 흰 가루가 지나간 냄새를 맡았다.

바이타르는 얼어붙은 땅에 무릎을 꿇고 앉아 부리를 해 뜨는 쪽으로 해서 크하르 어르신을 누이고 그 위에 납작한 돌들로 무더기를 쌓았다. 그리고 무거운 걸음을 옮겨 양 떼가 있는 곳으로 향했다. 모든 것이 파괴되어 그 무엇도 알아볼 수 없었다. 이곳은 아래쪽보다 바람이 더 거셌다. 멀리 독수리 몇 마리가 젖빛 하늘을 돌고 있다. 바이타르는 눈을 가늘게 뜨고 독수리를 바라보았다. 말은 저 혼자 얼어붙은 땅 위에서 길을 찾고 있었다.

두 사람이 도착했을 때, 죽음의 흰 가루가 먼저 다녀간 후였다. 함지땅에 닿자, 저기 멀리 짐승의 사체들이 눈과 서리로 된 작은 언덕을 이루어 여기저기 흩어져 있고, 독수리들은 이미 성찬을 즐기고 있었다. 바이타르는 이렇게 절망감을 느껴 본 적이 없었다. 창자가 끊어지는 것 같았다. 살아 온 세월이 바위처럼 그를 짓눌렀다.

보통 혹한이 오면 양들은 한데 모여 서로의 몸을 다닥다닥 맞대고 큰 덩어리를 이룬다. 양 떼가 내는 열기는 어떤 좋은 우리나 동굴에 있는 것보다 나은 피난처가 되었다. 하지만 지난 사흘간 지속된 지독한 눈 폭풍에 겁을 먹고 양 떼가 흩어져, 싹쓸바람의 사나움을 견딜 수가 없었던 것이다. 눈보라 속에서 서로가 어디에 있는지 알아볼 수도 없었을 것이다.

무리와 떨어져 혼자 남게 된 양들에게는 불행이었다. 추위가 근육 사이로 파고들고 혈관을 타고 흘러, 머릿속까지 스며드는 것을 견딜 수 없었을 것이다. 다브카르 쭈트, 죽음의 흰 가루가 그들을 데려갔다. 양 떼는 참혹하게 학살당했다. 바이타르의 발치에서 후다와 후바가 짖는다. 후다와 후바의 발에는 두꺼운 가죽 발싸개가 감겨 있다.

"예—아! 후다, 후바, 가라!"

바이타르의 목소리는 떨리고 있었다. 큰 개 두 마리가 살아남은 양을 몰러 가고 바이타르는 독수리에게 다가갔다. 더 젊었을 때라면 격분하여 돌을 던지며 쫓았겠지만 지금은 그냥 내버려 두었다. 게다가 죽은 양은 아무 짝에도 쓸모가 없었다. 일단 한 번 얼게 되면 양 가죽도 무용지물이다.

걱정할 필요가 없다는 것을 알고 있는지 독수리 한 마리는 바이타르 바로 옆에 있는 양의 사체로 달려들었다. 바이타르를 해뜩 돌아보고는 곧 살을 뜯기 시작한다. 그리고 부리를 뱃가죽에 박아 넣는다.

개들이 살아 있는 양을 몰아오는 데는 몇 분 걸리지 않았다. 바이타르가 어림 계산해 보기에는 백 마리가 채 되지 않았다. 죽음의 흰 가루가 난폭하게 날뛰며 바이타르 양 떼의 3분의 2를 쓸어간 것이다.

몇몇은 풀을 찾아 얼음을 긁어 대느라 발굽에 피가 맺혔다. 바이타르는 한 마리, 한 마리 애정 어린 손으로 기름과 재를 섞어 상처에 발라 주었다. 그리고 오랫동안 얼음을 깨서, 땅 위에 얼마 남지 않은 노란 풀을 먹을 수 있도록 했다.

일손을 놓았을 때, 바이타르는 거칠게 숨을 헐떡거렸고 가슴에 불이 붙는 것 같은 통증을 느꼈다. 눈앞에 작은 별들이 떠다녔다. 바위에 등을 기대고 눈을 감았다. 허겁지겁 빈약한 풀로 달려드는 양 발굽 소리가 등 뒤에서 들렸다. 바이타르는 개가 사납게 짖는 소리를 듣고 놀라서 몸을 세웠다. 얼굴에도 팔에도 이미 감각이 없었다. 독수리 한 마리가 부리를 벌리고 뒤뚱뒤뚱 맛난 먹이라도 된다는 듯 바이타르에게 다가오고 있었다. 바이타르는 쓴웃음을 짓고 불편하게 몸을 일으켰다.

"너무 서두르지 마라, 독수리야. 백쉰사흘이 될 때까지는 날 내버려 둬. 그 다음에 만나자꾸나."

양 떼 잃은 목자

굶주림과 쭈트로 인해 너무 지쳤는지 양 한 마리가 다리를 떨며 잘 걷지를 못 했다. 바이타르는 양을 들어 조심스럽게 안장 앞에 가로 얹었다. 차궁에 도착하기 전에 죽게 될 것을 알았지만 세상에 어떤 목자가 자기 양이 죽어 가는 것을 못 본 척할 수 있을까? 얼마 지나지 않아 양은 가늘게 경련을 일으켰다. 축 늘어진 머리가 안장에서 흔들렸다. 바이타르는 피곤한 눈에 손을 얹었다.

눈 폭풍이 지나가고 나서 추위는 견딜 수 없는 지경이었다.

인간도 짐승도 살아 있는 모든 것은 진이 빠졌다. 매일 하나둘씩 죽어 갔다. 어린 것, 새끼를 밴 것……. 새끼를 밴 양 중에 아직 살아 있는 것은, 날이 풀려 새끼를 낳을 때쯤 되면 극도로 쇠약해져 있을 것이다.

양 떼는 일흔여섯 마리를 넘지 않았다. 쿠다야 어르신만 유일하게 혹독한 상황을 즐기고 있었다. 바이타르가 함지땅에서 가지고 내려오는 죽은 양의 제일 좋은 부위로 식사를 하고 며칠 만에 기력을 회복했다.

"모든 어르신은……."

쿠다야가 갈샨의 손에서 먹이를 받아먹는 모습을 지켜보며 바이타르가 말했다.

"연약한 생명의 죽음으로 살아가지."

***

밤에 갈샨은 공책을 열어 여든사흘을 표시했다. 하지만 긴가민가했다. 여든이틀인 것도 같고, 여든나흘인 것도 같았다. 죽음의 흰 가루가 뒤덮은 날 동안 얼마나 시간이 흘렀는지 정확히 알 수 없었다.

쿠다야 어르신은 칼날 같은 이 추위에, 사람도 짐승도 따뜻하게 해 주지 않는 얼어붙은 태양의 창백한 햇살을 즐기며 깃 하나 까딱하지 않고 날개를 활짝 펴고 계곡 위에 떠 있었다.

바로 아래, 들꿩 한 마리가 돌에 묻은 빈약한 열기라도 쬐어 보려고 돌 위로 내려앉아서 아침이 다 가도록 그 자리에 머물러 움직이지 않았다. 점차 그림자가 덮여 왔다. 볕기가 사라지고 나자 들꿩은 볕이 드는 다른 곳을 찾아 몇 미터를 움직였다. 실수였다. 들꿩이 검독수리의 그림자를 보았을 때는 이미 늦었다. 공포에 질려 삐약, 하더니 반사적으로 몸을 피하려고 했으나 정적을 깨는 소리가 돌벽을 따라 달렸다. 흙탕물이 튀기듯 깃털이 하늘을 날았고 비명 같은 울음소리가 들렸다. 쿠다야가 화살처럼 하늘로 치솟는 동안 들꿩은 날개죽지를 축 늘어뜨리고 돌짬으로 도망치려 했지만, 곧이어 쿠다야가 먹이를 향해 몸을 내리꽂았고 강력한 부리로 들꿩의 목뼈를 부러뜨렸다. 갈샨은 소리 내지 않고 다가가, 쿠다야가 행복해하며 따뜻한 들꿩의 숨통에 부리를 찔러 넣는 것을 바라보았다.

바이타르가 그랬다. 모든 어르신들은 잔인하기 위해 태어난다고.

길을 잃다

 안개 속에 양 떼가 한 덩어리로 뭉쳐 있다. 그래도 바이타르는 한눈에 몇 마리가 사라진 것을 알아보았다. 보통 있는 일은 아니다. 죽음의 흰 가루가 지나가고 나서도 양 떼는 바이타르가 얼음을 걷어 낸 땅을 벗어난 적이 없었다. 바이타르는 작은 풀 오라기라도 찾을 생각으로 열에 들떠 땅을 팠다.
 "야아—! 후다, 후바, 야아—!"
 후다와 후바가 달려 나갔다. 둘의 모습이 흐려지고 다시 내리기 시작한 눈에 눈을 밟는 개들의 발소리가 금세 묻혔다. 갑자기 으르렁대는 소리가 길게 이어졌다. 공포와 흥분이 뒤섞여 있다. 겁에 질린 재무쇠가 급작스럽게 움직여서 갈샨은 말에서 떨어질 뻔했다. 추위뿐만 아니라 두려움 때문에 갈샨은 떨었다. 한 번도 개들이 그렇게 울부짖는 것을 들어 본 적이 없었다. 으르렁대는 소리가 잦아드는 듯하더니 더 맹렬하게 다시 시작되었고 메아리에 섞여 어디에서 소리가 나는지 알 수가 없었다.

"들었어요?"

하지만 바이타르는 벌써 말에 올라 바위 쪽을 향해 달려 나갔다. 그럭저럭 갈샨은 바이타르를 쫓아가려 했다. 하지만 재무쇠는 겁에 질려 발을 구르고 발길을 다른 곳으로 돌렸다. 간신히 재무쇠를 진정시킬 수 있었지만, 바이타르는 이미 안개 속으로 사라지고 말았다.

"아타스! 아타스!"

개가 짖는 소리는 여전히 들렸다. 갈샨은 온몸이 떨렸다. 말을 너설언덕으로 몰았다. 으르렁대는 소리는 날카롭게 짖는 소리로 변했다. 함지땅 사방에서 개 짖는 소리가 울려 나온다. 점점 펑펑 쏟아지는 눈발에 소리도 묻혀 갔다.

"아타스!"

재무쇠가 비틀거렸다. 개 짖는 소리가 멈추고 말발굽 밑에서 뽀드득, 하는 소리만 들렸다. 안개가 점점 짙어지고 갈샨은 누에고치 속에 들어앉은 것처럼 숨이 막혔다. 입술을 깨물고 비명을 참으며 귀를 쫑긋 세웠다. 얼음이 겹겹이 쌓인 너테 위로 눈송이가 툭툭 떨어졌다. 안개의 하얀 벽이 갈샨을 향해 좁혀 든다. 돌풍이 일 때 갈샨의 두려움도 터졌다. 숨을 거칠게 몰아쉬었다. 온몸의 근육이 팽팽하게 긴장되었다. 되돌아가야 한다. 양 떼가 있는 곳, 바이타르가 있는 곳으로 가야 한다……. 재무쇠가 저 혼자 뒤로 돌았다. 발굽이 눈 위에서 미끄러졌다. 저쪽에서 온 것이 맞을까? 이쪽이 저쪽 같고, 저쪽이 이쪽 같다.

"아타스!"

갈샨이 다시 외쳤다. 안개에 묻혀 버렸다. 이제 눈송이는 더 탐스러워졌고 말의 콧김 뿜는 소리만이 정적을 깼다. 갈샨은 재무쇠의 목을 감싸 안았다.

"찾아봐, 재무쇠야. 찾아봐, 부탁이야."

재무쇠는 머뭇거리다가 몇 걸음을 옮기고 겁에 질려 귀를 뉘고 거칠게 콧김을 내뿜었다. 앞에, 몇 미터 앞에, 잿빛 덩어리가 흩어져 있는데 주변의 바위와 분명히 다르게 생겼다. 갈샨은 말에서 내려 천천히 다가갔다. 온몸에 전율이 흘렀다. 추위에도 불구하고 그 냄새가 코를 찔렀다. 피와 살 냄새였다. 양은 형체를 알아볼 수 없게 되었고, 배는 열려 있고 거의 다 뜯어 먹혔다. 그리고 사지는 산산조각이 났다. 피에 물든 바위에 천천히 눈이 덮인다. 갈샨은 공포에 질려 꼼짝도 못했다. 비명을 지를 수도 도망갈 수도 없었다. 갈샨이 돌아섰을 때, 재무쇠의 흐릿한 윤곽이 안개 속으로 조용히 사라지는 것을 보았다. 피 냄새에 겁을 먹은 것이다. 갈샨은 재무쇠를 잡으려 했지만 눈 속에 휘둥그러지고 말았다.

한기에 몸이 점점 굳어 갔고 얼음장 같은 안개가 갈샨을 덮었다. 갈샨은 벙어리장갑 안에서 이스탄불의 돌을 꼭 쥐었다.

그리고 정신을 잃었다.

나무 늑대

갈샨이 눈을 떴다. 게르 안이었다. 장작은 오래전에 다 떨어졌다. 갈샨을 깨운 것은 마른 소똥 타는 매운 냄새였다. 밖에서는 도끼 소리가 찬 공기를 울리고 있었다. 갈샨은 멍하니 앉아 있었다. 기억을 더듬어 보았다. 눈, 안개, 개들이 짖는 소리……. 온몸이 찢겨서 누워 있던 양의 모습이 기억 속에 갑자기 뛰어들었고 슬픔에 목이 메었다. 밖으로 나갔을 때, 목도리처럼 좌우로 길게 늘어진 안개가 바이타르의 흐릿한 모습을 감싸고 있었다. 갈샨이 다가갔다.

"너, 죽을 뻔했다."

뒤도 돌아보지 않고 바이타르가 말했다.

"죽을 뻔했다고요?"

"그래. 개들이 너를 찾아내지 못했다면 나도 너를 찾지 못했을 거야. 안개가 짙게 낄 때 할 수 있는 일이라곤 절대 움직이지 않는 것밖에 없어. 바로 그 자리에서 안개가 걷힐 때까지 기다리는 거지. 사흘을 기다린다고 하더라도 마찬가지다. 네 애비는 네게 뭘 가르친 거냐?"

간결하고 정확한 도끼질로 바이타르는 삭사울 가지를 다듬고 있었다. 그는 나뭇가지를 입으로 가져가서 날 선 부분에 바람을 불었다. 거칠고 음산한 소리에 갈샨은 소스라쳤다. 짐승이 우는 소리 같았다.

"아타스, 양들에게 무슨 일이 있었던 거예요?"

바이타르는 나무를 돌에 갈았다.

"늑대다! 쭈트가 늑대를 몰고 온 거야. 일곱 마리가 죽었다. 오늘 밤 개들을 거기 남겨 두었어. 내일 나무 늑대를 놓으러 갈 거야."

"나무 늑대요?"

바이타르는 다듬은 막대기를 손바닥으로 쓰다듬고 다시 날 위에 바람을 불었다. 나무가 떨리면서 음산한 소리를 냈다. 바이타르는 코를 들어 안개 속에서 차가운 공기 냄새를 맡았다.

"내일 날씨만 맑으면 바람이 늑대처럼 울 거야."

서 있는 사람의 땅

여든이레째 되는 날.

시냇물처럼 맑고 창백한 날이 밝았다. 북풍이 불어서 안개를 몰아가고 게르 천장에도 고드름이 열렸다. 숨을 쉴 때마다 입술이 얼었다. 갈샨과 바이타르가 함지땅이 보이는 곳에 올랐을 때, 사지는 추위에 얼어붙었다. 늙은이는 휘파람을 불어 개들을 부르고 기다렸다. 후다와 후바는 나타나지 않았고 바이타르는 더 힘차게 휘파람을 불며 말을 몰았다.

양 떼 근처에서 개 두 마리를 발견했다. 암양 두 마리가 배를 열고 이미 뜯어 먹힌 채 땅에 누워 있었고, 거기에서 약간 떨어진 곳에 후바가 피범벅이 되어 누워 있었다. 피는 모두 얼어 있고 목이 찢겨 있었다. 후다는 주인을 향해 오려고 애를 썼다. 하지만 상처가 너무 깊어서 움직일 수 없었다. 바이타르는 아무 말 없이 단검을 꺼내 단번에 개의 목을 그었다. 후다의 고통을 짧게 끝내기 위한 것이다. 그 모습에 갈샨은 차가운 바위에 이마를 대고 배 속에 있는 것을 다 게워 냈다.

바이타르는 죽은 개 두 마리를 돌벽 아래 누이고 돌을 쌓기 시작했다. 갈샨은 개와 양의 벌어진 상처로부터 눈길을 피하면서 온 힘을 다해 노인을 도왔다. 돌은 무거웠고 얼음 때문에 떼어 내기도 쉽지 않았다. 그래서 추위에도 불구하고 두 사람은 자주 일손을 멈추고 숨을 헐떡이며 눈 속으로 흘러드는 땀을 닦아야 했다.

짐승들을 다 묻고 바이타르는 멀찍이 가서 앉았다. 가슴에 손을 얹고 눈을 감은 채 숨을 몰아쉬며 한참 동안 잠든 듯 꼼짝하지 않았다. 갈샨은 아무 말도 할 수 없었다. 갑자기 바이타르가 고개를 흔들더니 고통에 일그러진 표정으로 자리에서 일어났다.

"쉬면 안 된다."

입술이 파랗게 질려 말하는 것도 고통스러워 보였다.

"우리 할머니가 이렇게 돌아가셨어. 엄청난 쭈트가 있던 해였지. 내가 네 나이쯤 되었을 게다. 쓰러진 양을 어깨에 메고 내려오고 있었다. 숨을 고르려고 잠깐 쉬었던 게야. 하지만 나중에 둘 다…… 사람도, 짐승도 죽은 채 발견되었다. 처음 할머니를 발견했을 때 바위에 등을 기대고 앉아 있는 모습이었는데, 멀리서 보기에는 곧 일어나려는 것 같았어. 우리가 사는 땅은 두 발로 선 사람만이 살아남는 땅이다. 엉덩이를 땅에 붙이면 죽게 돼."

노인은 오랫동안 돌을 골랐다. 하나하나 들어 올려 이리저리 돌려 보고 손으로 문질러 보았다. 하지만 대부분은 던져 버렸다. 마침내 마음에 드는 돌 두 개를 골랐는데 아주 매끄럽고 둥글번번한 돌이었다. 바이타르는 두 개의 돌을 오래된 목동의 무덤에 놓고 돌 사이에 지난밤에 다듬은 삭사울 가지를 끼웠다. 그리고 아주 정밀하게 돌을 움직이며 바람이 부는 방향에 맞췄다. 갈샨은 영문도 모른 채 그 모습을 바라보았다. 나뭇가지가 가늘게 떨리며 음산하게 울었다.

"그건 어디에 쓰는 거예요?"

바이타르는 조심스럽게 돌의 수평을 잡고는 눈을 반쯤 감고 기다렸다. 눈썹에 얼음이 앉아 있었다. 갑자기 센바람이 일어 함지땅을 쓸고 갔다. 즉시 돌이 울기 시작했다. 갈샨은 섬뜩함을 느꼈다. 우두머리 늑대의 울음소리처럼 묵직하고 무서우며 강력한 울음소리가 울려 퍼졌다. 바람이 늑대처럼 울고 있었다. 바이타르가 중얼거렸다.

"바람이 세게 분다면 늑대를 부를 수 있을 거야. 늑대 무리를 처치하는 일만 남았다."

* * *

두 사람이 산에서 너무 늦게 돌아왔기 때문에 쿠다야 어르신은 비행할 수 없었다. 갈샨은 끈끈이로 작은 참새 한 마리를 잡아서 가져왔다. 점점 새를 보기 어려웠다. 혹독한 날씨가 계속되면서 새들은 남쪽으로 날아갔다.

검독수리는 점점 사냥으로 배를 채우기 힘들어졌다. 그럼에도 쿠다야는 갈샨의 손에서 받아먹을 수 있는 수월한 먹이는 거들떠보지도 않았고, 다만 추위를 이겨 보려고 깃을 부르르 털 뿐이었다. 이제, 검독수리는 직접 사냥하는 것을 더 좋아했다.

차궁에 밤이 왔다. 전날만큼 심하게 바람이 불었다. 바이타르는 어스름 속에 앉아 그가 가진 유일한 무기를 닦고 기름칠 했다. 밀수업자에게 구입한 중국제 구식 소총이었다. 남포의 흔들리는 불꽃에 책을 읽기는 힘들었지만, 바이타르는 골동품 총을 꼭 쥐고 쿠바의 늙은 어부 이야기를 들었다.

갑자기 뱃머리의 물결이 높이 일더니 물고기가 나타났다. 물 밖으로 몸을 완전히 드러내지는 않았다. 물결이 물고기의 몸통을 따라 일면서 햇빛을 받아 반짝거렸다……

갑자기 노대바람이 일어 세차게 계곡을 후려쳤고 늑대 울음소리가 어둠을 찢었다. 바이타르가 벌떡 일어났다.
"돌이 운다."
바이타르가 중얼거렸다.
"늑대가 올 거야."

바이타르가 델을 채 꿰입기도 전에 갈샨이 외쳤다.
"저도 같이 갈래요!"
늙은이가 고개를 흔들었다.
"말도 안 돼. 이놈들이 내 짐승들을 죽였다. 내 손으로 도륙해야 한다. 나 혼자서. 날이 밝기 전에 돌아오마."
늙은이는 어둠 속으로 사라졌다. 함지땅에서 부는 바람에 바이타르의 돌이 늑대처럼 울고 있었다.

혼자 달리는 말

끔찍한 추위 속에 날이 밝았다. 대리석처럼 부드러운 쪽빛 하늘이 산맥을 품고 있었다. 갈샨은 침상에서 일어나 주변을 둘러보았다. 난로는 꺼졌고, 주전자 물은 얼었으며, 이불 위까지 서리가 내렸다. 갈샨은 혼자였다.

'날이 밝기 전에 돌아오마.'

갈샨은 지난밤에 늙은이가 떠난 쪽을 보고 눈을 끔벅끔벅하며 서 있었다. 하지만 아무 흔적도 없었다. 갈샨은 안절부절못했다. 어쩌면 아타스는 양 떼를 돌보고 있을지도 모른다. 조금 더 있으면 내려올 것이다. 너테를 걷어 내고 양들의 헌 발굽을 치료하고 내려올 것이다. 그리고 늑대도 쫓아 버렸을 것이다. 아마도…….

바이타르가 돌아오기 전에 난로에 불을 피워야겠다. 그것은 사느냐, 죽느냐 하는 문제였다. 눈이 내리고 나서 삭사울 나무도 눈 속에 묻혔고 얼마 남지 않은 장작은 이미 다 썼다. 소똥은 아직 다 마르지 않아서 쓰기 곤란했다. 거무튀튀한 연기가 잔뜩 피어오르며 작은 불꽃이 간신히 피어올랐다. 철판 위에 젖은 소똥을 얹어 놓고 밖으로 나왔다.

갈샨은 델의 모피 깃을 눈 있는 데까지 올렸다. 햇빛에 눈이 떨고 있다. 손차양을 하고 저 멀리 산허리 그늘진 산길을 바라보았다. 황량한 눈벌판은 텅 비었다. 움직이는 것도 없었다. 갈샨은 차가운 공기를 크게 들이쉬었다. 잠에서 깨어날 때부터 두려움과 불안의 작은 조각이 뱃속에 솟아나 크고 날카로운 가시처럼 살 속으로 점점 깊이 파고들었다.

히―익! 히―익!

쿠다야 어르신의 울음소리에 갈샨은 깜짝 놀랐다. 일상적인 울음이었다. 이렇게 차고 반짝이는 아침은 비행하기 좋은 시간이다. 갈샨은 검독수리의 발에서 줄을 풀었다. 검독수리는 갈샨의 팔에 잠깐 앉아 있다가 하늘로 날아올라 함지땅이 있는 서쪽으로 곧바로 날아갔다. 근래, 차궁에 한 번도 그런 적 없었을 만큼 고요한 날이었다. 바람 한 점 없었다.

쿠다야는 수월하게 상승기류를 잡아타서 날개를 활짝 펴고 계곡 위로 솟구쳐 올랐다. 갈샨은 눈으로 쿠다야를 좇았다. 거기에서라면 바이타르를 볼 수 있을 것이다.

"쿠다야, 어서."

갈샨은 부드럽게 쿠다야를 응원했다.

"아타스가 어디에 있는지 알려 줘."

검독수리가 능선을 따라 날다가 갑자기 오른쪽으로 방향을 바꿨다. 그 아래 대여섯 마리의 큰 새가 너른 날개를 펴고 빙빙 돌고 있었다. 머리끝부터 발끝까지 전율이 흘렀다. 누구라도 그것이 독수리라는 것을 알 수 있을 것이다. 쿠다야가 갈샨의 부탁을 들은 것이다. 이제, 바이타르가 어디에 있는지 알 수 있었다. 발밑에서 진동이 느껴졌다. 저기, 언덕 밑에 말 한 마리가 흰 눈구름을 일으키며 미친 듯이 달려오고 있었다. 차궁으로 똑바로 달려들며 점점 커졌다. 갈샨은 곧바로 알아볼 수 있었다. 바이타르의 말이 이 추위에 흰 거품을 흘리며 전속력으로 달려오고 있는 것이다.

하지만 혼자다. 기수가 없다.

야타스의 흔적

　재무쇠의 숨소리는 풀무질하는 소리 같았다. 얼음판에서 미끄러질 수 있었는데도 갈샨은 어느 때보다 거칠게 말을 몰았다. 함지땅 가장 안전한 곳, 새 흙을 덮은 곳 한구석에 양 떼가 자기들끼리 몸을 맞대고 엉켜 있었다. 쉰 마리 정도밖에 남지 않은 양들이 추위와 굶주림에 울고 있다.
　갈샨은 한눈에 바이타르가 양 떼를 돌보지 않았다는 것을 알았다. 얼음을 깬 흔적이 없다. 다브카르 쭈트가 지나간 이후에 바이타르는 매일 밤마다 다시 덮이는 얼음 너테를 벗겨

냈다. 어떤 놈들은 발굽으로 얼음을 깨느라 발에 피가 나고 있었다. 그러나 대부분의 양들은 얼음에 발길질도 못 할 정도로 허약했다.

"아타스! 바이타르!"

양 몇 마리가 매에, 하고 울었고 바이타르의 대답은 들리지 않았다. 얼굴과 사지가 추위에 찢어지는 것 같았다. 갈샨은 말을 달려 함지땅을 한 바퀴 돌았다. 바이타르는 어디에도 없었다. 나무 늑대는 어제 늙은이가 놓은 그 자리에 있었고, 바람이 불지 않아 벙어리가 되었다. 하늘에서 산마루로 내려앉은 쪽빛은 텅 비어 있다. 독수리도 쿠다야도 보이지 않았다. 재무쇠는 느린 걸음으로 바위와 눈이 뒤섞인 곳으로 향했다. 꽁꽁 언 갈샨은 바이타르가 지나간 작은 흔적이라도 찾을 요량으로 땅을 꼼꼼히 살폈다. 그리로 간 흔적은 없었다. 하지만 차궁으로 가지 않았다면 이쪽 말고 다른 곳으로 갔을 리가 없었다. 때때로 갈샨은 바이타르를 불렀고 얼어붙은 공기에 갈샨의 목소리가 이상하게 메아리쳤다.

한낮이 되자, 추위는 조금 누그러졌지만 세 시간 후면 너설 언덕으로 해가 지고 기온은 참을 수 없이 떨어진다는 것을 갈샨은 알고 있었다. 두려움과 추위는 형제다. 두려움과 추위는 피부처럼 갈샨을 감싸고 움직일 때마다 매순간 갈샨을 짓누르고 정신을 조여 왔다. 함지땅에서 좁디좁은 돌길이 되어 나가는 곳은 볕이 제대로 들지도 않았다. 재무쇠는 귀를 뉘고 얼어붙은 바위에서 안간힘을 쓰며 거칠게 콧김을 내뿜었다. 갈샨은 말에서 내려 고삐를 잡아야 했다. 오랫동안 무너져 쌓인 바위와 얼음덩이가 길을 막고 있어서 갈샨은 말을 묶어 놓고 혼자 앞으로 나아갔다.

눈과 바람이 모든 흔적을 지웠고 경사는 점점 가팔라졌다. 마침내 갈샨은 앞으로 툭 나온 바위에 올라 주변을 둘러보았다. 마음 깊은 곳에서 두려움이 실타래처럼 엉겼다. 바이타르의 흔적은 없었다……. 돌아서 내려오려는데 거무스레한 작은 물체가 갈샨의 눈길을 사로잡았다. 다가갔다. 바이타르의 담배 쌈지였다! 좀 더 멀리에는 핏줄기가 얼음을 붉게 물들이고 있었다. 갈샨의 뱃속에 무엇인가 엉기는 것 같았다. 쓰디쓴 침이 입에 고였다.

"바이타르!"

억양 없는 목소리로 갈샨이 외쳤다.

"바이타르!"

침묵은 진흙 호수처럼 깊고, 바위의 얼어붙은 그림자는 이미 길어졌다. 바위 위에 또 핏자국이 있었다. 사람 피일까? 늑대 피일까? …… 핏자국을 따라갔다. 갈샨은 이제 추위도 잊었다. 무서운 고통이 가슴을 파고들었다. 두려움에 숨이 막혔다. 바위 뒤에서 들리는 차가운 날개 소리에 갈샨은 소스라쳤다. 커다란 줄 인형처럼 독수리가 뒤뚱거리고 온다. 다른 놈들은 부리를 크게 벌리고 조심스럽게 바위에 등을 기대고 앉은 형체에 다가가고 있었다. 금방이라도 살을 찢어 낼 듯한 기세이다. 바이타르는 힘없이 팔을 휘둘러 독수리를 쫓았다. 형체의 왼팔이 힘없이 늘어졌고 어깨엔 찢긴 상처가 있었다. 갈샨이 달려갔다.

"아타스! 아타스!"

바이타르가 고개를 돌렸다. 독수리들은 요란하게 깃털을 날리며 도망쳤다. 갈샨은 바이타르 옆에 무릎을 꿇고 앉았다. 늙은이의 머리가 힘없이 어깨로 떨어졌다.

그 짐승

바이타르는 엄청나게 무거웠다. 갈샨은 늙은이의 온전한 팔을 어깨에 둘렀다. 하지만 바이타르를 부축한다기보다 업고 가는 모양이 되었다. 시간이 갈수록 바이타르는 더 무거워졌고 네다섯 걸음마다 멈춰 서 숨을 몰아쉬어야 했다. 늙은이의 무게에 등이 부서지는 것 같았다. 반쯤 의식을 잃은 바이타르는 상처 입은 짐승처럼 신음했다. 해가 지자 좁은 길은 천천히 칼날 같은 추위에 잠겨 갔다. 갈샨은 아무것도 느낄 수 없었고, 얼굴은 돌처럼 굳어졌다. 해가 서산 너머로 지기 전에 반드시 재무쇠를 묶어 둔 곳까지 가야 한다. 눈앞에 수많은 별이 날아다녔다. 있는 힘을 다해 바이타르를 바위에 기대어 놓았다. 호흡이 점점 불규칙해지고 의식이 몽롱해졌다.

"그 놈의 짐승!"

바이타르가 분노와 공포에 잠긴 목소리로 소리쳤다.

"그 놈의 짐승! 다시 올 거야……."

갈샨은 찬 공기를 크게 들이마시고 늙은이의 다친 팔을 살폈다. 바이타르는 장갑도 잃어버렸고 혹독한 추위에 살이 보랏빛으로 변했다. 상처는 예리한 칼에 맞은 것처럼 보였다. 칼날에 두꺼운 가죽으로 만든 델이 베인 것 같았다. 좀 더 위쪽에는 평행을 이룬 네 줄의 상처가 있었다. 살과 피가 곤죽이 되어 보기에도 끔찍했다.

'발톱으로 할퀸 것 같네…….' 갈샨은 생각했다. 하지만 번득 머리를 스치는 생각이 있었다. '하지만 늑대는 할퀴지 않잖아! 물잖아!' 바이타르를 공격한 것이 늑대가 아니라면 뭘까? 바이타르는 환각 속에서 그 짐승을 보는 것일까? 갈샨은 바이타르를 바라보았다. 바이타르는 눈을 감고 무겁게 숨을 쉬고 있었다.

바람이 일기 시작했다. 바람과 함께 나무 늑대가 울부짖는다. 갈샨이 헐떡이며 벌떡 일어났다. 두려움이 다시 찾아왔다. 공포가 진흙 산사태처럼 갈샨을 휩쓸었다. 갈샨은 온 힘을 다해서 두려움과 싸웠다. 앞에 있는 눈부신 바위만 지나면 재무쇠를 볼 수 있다. 갈샨은 바이타르의 팔에 자신의 팔을 걸었다. 아까보다 훨씬 무겁게 느껴졌다. 바이타르는 신음을 흘리며 몇 발짝 떼어 보려다가 갈샨 쪽으로 쓰러졌다. 갈샨은 중국제 소총을 지팡이 삼아 시체를 끌듯 바이타르를 끌고 갔다. 한 발짝…… 두 발짝…… 세 발짝…… '재무쇠가 가까이 있어.' 숨을 몰아쉬었다. '저 바위 뒤에 있어.' 한 발짝…… 두 발짝…… '다알라.' 그리고 또 한 발짝…… '쿠다야 어르신 날 좀 도와줘.' 눈에 불이 튀는 것 같았다. '이콰투루우에서는 아이보라가 사진 낚시를 하고 있을 거야.' 바위에 도착했다! '무서워.' 그리고 또 한 발. '무서워.' 누군가 자신을 쳐다보고 있는 것을 느꼈다. 뒷목에 화살 두 개가 꽂히는 것 같았다. 등으로 식은땀이 길게 흘렀다. 갈샨은 바이타르를 천천히 돌 옆에 앉혀 놓고 뒤로 돌았다.

'그 짐승'이었다. 바위 위에 몸을 반쯤 세웠다. 검정 무늬가 있는 두터운 털가죽 아래에서 근육이 떨리는 것이 보인다. 갈샨은 온몸이 녹아 돌에 눌어붙을 것 같았다. 두툼한 긴 꼬리가 얼어붙은 공기를 때리고 있다. 입을 벌려 줄지어 늘어선 송곳니를 드러내고 천천히 바위 끝으로 한 발을 내디뎠다. 갈샨을 노리고 몸을 웅크렸다. 뛰어오를 것만 같다. 푸른 듯 누리끼리한 눈빛에서 쏟아지는 소리 없는 위협에 갈샨은 꼼짝도 할 수 없었다. 갈샨은 한 번도 그렇게 무섭게 생긴 짐승을 본 적이 없었다.

"도망쳐라, 갈샨!"

뒤에서 바이타르가 중얼거렸다. 들릴 듯 말 듯 미약한 소리였다. 오른손으로 움직일 듯 말 듯 손짓을 했다.

"나를 두고 가! 저놈과 나를……."

숨을 내뱉으며 바이타르가 말했다. 짐승은 귀 끝에서 꼬리 끝까지 털끝 하나 까딱하지 않고 바이타르에게 집중하고 있었다. 갈샨은 나뭇잎처럼 떨었고 오그라든 손을 소총을 향해 뻗었다. 소총! 단 한 번의 기회에 희망을 걸어야 했다. 아주 천천히 갈샨의 손이 소총의 몸통을 따라 내려갔다. 장갑 아래로 방아쇠울과 방아쇠가 느껴졌고 1센티미터씩, 1센티미터씩 들어 올렸다. 앞에 있는 야수는 움직이지 않았다. 다만, 눈을 가늘게 뜬 채 쉬지 않고 무시무시하게 으르렁거릴 뿐이었다. 소총이 이제 어깨 높이까지 올라왔다. 하지만 벙어리장갑을 낀 채로 방아쇠를 당길 수는 없었다. 장갑을 벗어야 한다.

 짐승의 엉덩이가 천천히 왼쪽으로, 오른쪽으로 움직인다. 고양이도 뛰어오르기 전에 그렇게 한다. 으르렁대는 소리가 날카로워졌다. 갈샨의 벙어리장갑이 바닥에 툭, 하고 떨어졌다. 짐승이 반쯤 일어났다. 아주 천천히 갈샨은 엉성한 동작으로 개머리판을 어깨에 댔다. 살면서 한 번도 총을 쏴 본 적이 없었다. 총구가 천천히 짐승을 향했다.

 "장전이 안 돼 있다."

 바이타르가 중얼거렸다. 그리고 무겁게 가슴으로 고개가 떨어졌다. 맹수의 앞발톱이 바위를 꽉 쥐었다. 갈샨은 눈을 감았다.

 순간 획, 하는 소리가 공기를 가르더니 거무튀튀한 물체가 하늘에서 떨어졌다. 놀라운 일이었다. 짐승이 울부짖으며 몸을 웅크렸다. 마지막 순간에 날개를 활짝 펴고 쿠다야 어르신이 짐승의 머리를 스치고 수직으로 하늘로 솟구쳤다. 맹수가 발톱을 휘둘렀을 때 쿠다야는 이미 삼십 미터는 상승한 후였다. 쿠다야가 날카롭게 울며 다시 땅으로 내리꽂힐 때 맹수의 그림자는 유연하게 몇 번 뛰어오르더니 거무스름한 바위 뒤로 사라졌다. 포기한 것이다. 단 몇 초 만에 일어난 일이었다. 갈샨은 허공에 총을 겨누고 자신이 꿈을 꾼 것이 아닐까, 생각했을 만큼 짧은 시간이었다.

총을 내렸을 때 긴 돌풍이 나무 늑대를 울리며 쓸고 간 하늘은 텅 비어 있었다. 바이타르는 기절했다. 재무쇠가 근처에 와 있는 갈샨의 냄새를 맡고 히이힝거린다.

야타스! 야타스!

밤이 깊어 차궁에 도착했다. 바이타르는 간신히 숨을 쉬고 있었고 가슴과 얼굴에는 땀이 비 오듯 흘렀다. 눈은 초점이 없었다. 갈샨은 침상에 바이타르를 눕히고 얼굴을 닦고 마른 소똥 한 삽을 난로에 넣어 불을 살렸다. 위장이 목구멍까지 올라오는 것을 참으며 갈샨은 따뜻한 물로 바이타르의 상처를 씻고 양의 상처를 돌볼 때 그랬던 것처럼 약초와 재와 지방을 이겨 발랐다.

늙은이는 통증을 느끼지도 못 하는 것 같았다. 너무 진이 빠져 갈샨은 울음도 나오지 않았다. 다만 다알라의 이름만 부르며 이스탄불의 돌을 손에 꼭 쥐고 몽둥이처럼 쓰러져 잠이 들었다. 갈샨의 꿈은 송곳니 가득한 아가리와 으르렁대는 소리와, 안광이 번득이는 누리끼리한 동공이 난무했다.

갑자기 으르렁거리는 소리가 어둠을 찢었다. 갈샨은 두려움에 벌떡 일어났다. 바이타르였다. 열에 들떠 부들부들 떨면서 초점을 잃은 시선으로 어둠을 응시하고 있었다.

"그 짐승!"

바이타르가 거친 목소리로 내뱉었다.

"그 짐승이! 다시 올 거야……."

바이타르는 성한 팔을 허공에 휘둘렀다. 그리고 온몸에 경련을 일으키더니 그 자리에 축 처졌다. 갈샨이 몸을 떨며 가까이 다가갔다.

"아타스, 아타스!"

그는 움직이지 않았다. 가슴 위에 덮인 펠트 이불은 움직임이 없었다. 갈샨은 눈물이 가득 찬 눈으로 작은 거울을 바이타르의 입술에 댔다. 빈약하게 서리는 김이 늙은이에게 아직 생명이 붙어 있다는 유일한 신호였다.

늙은이의 광야

얼마나 오랫동안 바이타르가 삶과 죽음 사이를 오갔을까……. 갈샨은 알 수 없었다. 갈샨의 작은 공책에는 차궁에 와서 보낸 날들이 여든사흘에서 멈춰 있었다. 그 다음을 갈샨은 알 수 없었다. 낮과 밤이 뒤섞여 어떤 흔적도 없었다. 단지, 절대 끝날 것 같지 않은 혹독한 추위와 바이타르의 무서운 상태만이 기억을 메웠다. 늙은이는 대부분의 시간을 침상에 누워 열에 들뜬 채 혼미한 상태로 있었다. 하지만 때로 그 누구도 구해 줄 수 없는 환영에 시달리며, 자리에서 일어나 바로 앞에 마치 그 맹수가 있는 것처럼 싸웠다. 그때는 갈샨의 목소리만이 늙은이를 진정시킬 수 있었다. 갈샨이 《노인과 바다》의 긴 구절을 낱말 하나하나까지 천천히 읽어 주면, 늙은이는 훨씬 안정을 찾았다.

＊＊＊

뱃머리를 돌렸을 때 상어가 나타났다. 곧 늙은이는 뱃전으로 몸을 굽혀 단검을 꽂았다. 하지만 상어의 가죽을 뚫지는 못했고……

갈샨이 책을 덮었다. 할아버지 이마의 땀을 닦은 뒤 손을 잡고 낮은 목소리로 불렀다.
"아타스, 아타스……. 저예요, 갈샨."
늙은이는 실눈을 뜨고 있었지만 꼼짝도 못했다. 그의 거친 숨소리가 북풍의 휘파람 소리에 섞였다. 다브카르 쭈트가 일고 나서 매일, 밤이 불어온 북풍이었다. 갈샨은 바이타르가 자신을 알아보는지도 알 수 없었다. 바이타르의 몸은 아직 갈샨

앞에 있었다. 하지만 그의 영혼은 무서운 세계에 갇혀 있었다. 괴물 같은 맹수들이 우글대는 세계, 끊임없이 싸워야 하는 세계, 아무도 같이 갈 수 없는 세계……

돌풍이 일어 게르를 흔들고 마른 소똥으로 피운 난로의 불을 촛불 흔들 듯 위협했다. 갈샨은 불을 살리기 위해 달려들었다. 난로가 꺼지면 혹한의 맹독이 스밀 것이고, 천천히 두 사람을 마비시키며, 천천히 근육과 정신을 갉아먹을 것이다. 두 목숨이 사라지는 데 몇 시간이면 충분할 것이다. 바람은 그렇게 잔인하게 불었다.

불꽃이 다시 일었다. 불꽃은 어린 새처럼 연약하게 휘청거렸다. 갈샨은 마른 소똥 조각을 부수어 조심스럽게 불 위에 얹었고, 살갗에 작은 열기의 오솔길이 열릴 때까지 조심스럽게 불꽃을 키웠다. 갈샨의 부드러운 호흡이 돌풍이 짓밟은 불꽃을 키웠다. 갈샨은 얼음을 녹여 차와 죽을 준비하려고 했다. 바이타르가 삼킬 수 있는 유일한 음식이었다. 갈샨이 곡식 자루에 손을 넣었을 때, 그녀의 손가락 끝에 닿은 것은 거친 자루 바닥이었다. 거의 비어 있었다. 사흘을 버티기도 어려워 보였다. 그 뒤로는 아무것도 남지 않을 것이다.

싹쓸바람이 부는 동안, 겨울을 대비해 바이타르가 저장했던 다른 곡식 자루들은 배를 갈라야 했다. 갈샨이 김이 모락모락 나는 사발을 손에 들고, 할아버지에게 다가갔다. 하지만 늙은 이는 잠들어 있었다. 갈샨이 펠트 이불 위로 몸을 굽혀 가만히 할아버지를 바라보았다. 주름 가득한 아기 얼굴 같았다. 다시 온몸 구석구석 견딜 수 없는 두려움이 밀려왔다. 갈샨은 울지 않기 위해 입술을 깨물었다. '울면 안 돼!'

"다알라…… 다알라."

갈샨은 엄마의 이름을 되뇌었다. 자장가처럼 감미로웠다. 멀리 이콰투루우에 다알라의 배는 점점 동그랗게 차오를 것이다. 익어 가는 과일처럼, 달처럼…… 차오를 것이다. 그 깊숙한 곳에 따뜻하게 쉬고 있는 아기가 곧 밖으로 나오려고 준비를 하고 있을 것이다. 며칠이나 남았을까? 갈샨은 난로 옆에 웅크리고 죽을 몇 숟가락 떠 넣었다. 하지만 아무것도 변하지 않았다. 공포는 여전했다.

갈샨은 아기를 생각했다. 오늘 밤엔 태어나려나? 아니면, 내일 태어나려나? 어쩌면 리함은 벌써 차궁을 향해 출발했을지도 모른다. 갈샨의 손이 이스탄불의 검은 돌을 꼭 쥐었다. 갈샨은 귀를 쫑긋 세우고 바람 소리 너머에서 어떤 소리를 들어보려고 했다. 아마도 생각을 너무 많이 했는지 우랄의 엔진 소리가 들리는 것만 같았다. 하지만 아무 일도 일어나지 않았다.

바람은 계곡의 점령자였다. 버려진 게르의 찢어진 외피가 채찍처럼 울리고, 울부짖는 소리가 갑자기 어둠을 찢었다. 나무 늑대다! 갈샨은 자리에서 벌떡 일어났다. 심장이 뛰기 시작했다. 음산한 바람 소리를 누르고, 그리고 끝나지 않을 것 같은 나무 늑대의 울음소리를 누르고 심장 뛰는 소리가 귀에 들렸다. 한기가 들면서 온몸이 떨렸다. 바이타르가 벌떡 일어나 외쳤다.

"그 짐승이! 그 짐승이! 다시 내려오는 거야!"

바이타르의 외침은 목구멍 속에 걸려 상처 입은 짐승의 신음소리로 변했다. 그는 펠트를 깐 자리에 쓰러진 채 갈샨이 다가오는 것을 보며 공포에 질려 눈을 크게 뜨고 외쳤다.

"안 돼! 안 돼!"

늙은이는 통증도 느끼지 못하는지 팔을 들어 허공을 휘저었다. 게르의 벽에 팔이 부딪치자 고통스러운 비명을 지른 후 기절했다. 상처를 감은 붕대 위에 커다란 붉은 점이 생겼다. 갈샨은 매일 상처를 싸맨 붕대를 갈았다. 상처가 또 열린 것이다.

"아타스! 아타스!"

갈샨의 입에서 신음소리가 새어 나왔다. 바람은 일어날 때처럼 갑자기 잦아들었다. 그와 함께 나무 늑대도 목쉰 한숨을 길게 늘였다. 이어지는 정적은 너무 무거워서 갈샨은 손가락 하나 까딱할 수 없었다. 그때 소리가 들렸다. 한없이 가벼운 들릴 듯 말 듯한 소리가……. 얼음 위를 걷는 소리다. 아주 가까이에서 짐승이 걷는 것 같았다. 몇 미터 안에 있었다.

"그 짐승이 왔어."

공포에 질려 갈샨은 바이타르의 손을 꼭 잡았다. 귀에 들리는 자신의 숨소리가 매우 불안하게 들렸다. 짐승의 소리는 더 이상 들을 수 없었지만 갈샨은 그 존재를 느낄 수 있었다. 늙은이의 침상 바로 옆 게르의 펠트 벽이 흔들렸다. 바로 뒤에 그 짐승이 있다. 손을 뻗으면 닿을 거리다. 먹이 냄새, 바이타르의 팔에서 흐른 피 냄새를 맡고 찾아온 것이다.

갈샨은 온몸의 근육이 경직됨을 느꼈다. 눈을 감고 부들부들 떨며 기다릴 뿐이었다. 늙은이의 손은 불덩이 같았다. 얼음 부서지는 것 같은 작은 소리가 들리고 발소리가 멀어졌다. 아무것도 들리지 않았다. 어둠은 돌처럼 굳어 있었다. 갈샨은 손가락 하나 까딱할 수 없었다. 난로 속에 작은 불꽃이 흔들렸다. 곧 잉걸불의 흐릿한 빛만 남았고 추위는 참을 수 없게 되었다. 갈샨이 자리에서 일어났을 때 또 그 작은 소리가 들렸다. '그 짐승'이 게르 주변을 어슬렁거린다. 먹이를 찾는 것이다. 몇 남지 않은 말들이 콧바람을 분다. 어둠 속에 살아 있는 것은 모두 떨고 있다. 짐승이 낮게 으르렁거리더니 이어서 말이 날카롭게 운다. 갈샨의 눈앞에 재무쇠가 맹수의 이빨에 찢기는 장면이 번쩍했다.

다시 차궁에 정적이 찾아왔다.

한밤

춥고 흐린 날이 밝았다. 펠트 천에는 얇은 서리가 앉아서 게르는 유리처럼 빛났다. 갈샨은 꼼짝도 하지 않았다. 추위가 나사송곳처럼 살을 파고들었다. 갑자기 문이 흔들렸다. 갈샨은 소스라쳐 일어나 온몸을 떨었다.

"안 돼!"

갈샨이 낮게 신음했다. 그 짐승이 이렇게 오랫동안 기다렸을 리가 없다. 지금까지 밖에서 밤을 새워 감시했다는 것은 불가능하다. 갈샨은 자신을 설득하려고 애쓰며 깊은 잠에 빠진 바이타르의 손을 놓고 내키지 않는 몸을 일으켰다. 걀샨은 비틀거렸다. 근육이 경직되어 마음대로 움직일 수 없었다. 걀샨은 꼼짝도 안 하고 밖에서 들리는 소리에 귀를 기울였다. 시간이 영원히 멈춘 것 같았다.

 문에 다시 한 번 충격이 일었다. 더 가벼웠다. 그리고 짧게 히힝, 하는 소리와 바닥의 얼음을 발굽으로 긁는 소리가 들렸다. 순식간에 두려움이 사라졌다. 걀샨은 애써 웃음을 지어 보려 했다. 말들이 배가 고픈 것이다. 걀샨이 문을 살짝 열었다. 곧 재무쇠가 긴 머리를 들이밀었다. 먹이를 달라는 뜻이다. 초원에서 태어난 말의 두텁고 성긴 털에는 얼음과 고드름이 주렁주렁했다. 턱 밑에까지 고드름이 달렸다.

 걀샨은 대뜸 두 팔로 재무쇠를 꼭 안고 짐승의 열기에 오랫동안 달라붙어 있었다. 털 밑에서 피부 위로 솟아오른 뼈도 느낄 수 있었다. 다브카르 쭈트가 지나간 후 살아남은 모든 짐승들이 그렇듯, 놀랄 만큼 여위었다. 며칠이 지났어도 걀샨을 태울 수 있을 만한 몸 상태가 아니었다. 걀샨이 재무쇠를 가만히 밀어 내고 델의 소매 속에 손을 넣고 밖으로 몇 걸음 나갔다. 바람은 성난 개처럼 걀샨을 물어뜯었다. 걀샨은 숨이 막혀 허리를 굽히고는 허파의 통증을 달랬다.

 몇 미터 앞 차궁의 첫 번째 게르 근처에 어두운 얼룩이 얼음을 불그스름하게 물들이고 있었다. 다른 말들이 먹을 것을 얻을 수 있을까, 하는 모양으로 갈샨에게 다가왔다. 하지만 보이지 않는 벽을 세우고 있는 핏자국을 넘어오진 못했다. 땅을 향해 허리를 숙이고 있는 갈샨을 귀를 뉘고 바라볼 뿐이었다. 갈샨이 고개를 들었다. 어제 숙영지에 있던 여섯 마리 중에 다섯 마리만 남았다. 핏자국 외에는 그 놈의 흔적은 어디에도 없었다. 그 짐승은 먹이를 물고 떠난 것이다.

 말들이 거침없이 갈샨 앞까지 왔다. 무서울 만큼 말라 있었다. 이마로 갈샨을 밀었다. 먹이를 달라는 뜻이다. 구렁말 *(털빛이 밤색인 말) 한 마리가 갈샨의 델 소매를 물어뜯으려 하며 다른 말보다 더 거칠게 콧김을 내뿜었다. 갈샨은 얼음 위에 미끄러졌다. 순간, 가죽 소매를 통해 말의 이빨을 느꼈다. 갈샨은 비명을 지르고 주먹을 들어 구렁말의 코를 쥐어박았다.

 이제 말들이 갈샨을 마주하고 섰다. 얼음 바닥을 긁으며 요란하게 운다. 말들이 이렇게 신경이 날카로워진 것을 한 번도 본 적이 없었다. 구렁말이 뒷발로 일어서며 갈샨의 어깨 위로 발길질을 했다. 갈샨은 떨면서 게르로 물러났다. 모든 것이 위협적이었다. 재무쇠는 문 옆에 붙어 있었다. 남아 있는 곡식가루를 반으로 나눠 한 공기를 재무쇠에게 내밀었다. 그때 다른 말들이 코를 벌름거리며 다가왔다. 갈샨은 바이타르의 긴 말채찍으로 놈들을 쫓았다. 재무쇠는 잠깐 사이에 제 몫을 다 먹어 치우고 더 달라는 듯 갈샨을 바라본다.

내일이면 남은 식량이 모두 바닥날 것이다.

쿠다야 어르신

며칠 전부터 날이 흐렸다. 하늘도 너무 낮고 비행하기에는 매우 추웠다. 사냥을 할 수 있는 날씨도 아니었지만 쿠다야는 못 견디겠다는 듯 울어 댔다. 갈샨이 줄을 풀고 검독수리가 우중충한 하늘로 날아오르는 것을 쳐다보았다. 거의 실패였다. 쿠다야 어르신은 상승기류를 하나도 찾아내지 못한 것 같았다. 상승기류만 타면 잠깐 동안에 하늘 꼭대기까지 올라갈 수 있을 것이다.

검독수리는 오랫동안 날개를 치다가 마침내 상승기류를 잡아타고 구름 끝까지 올라갔다. 한순간도 쉴 수 없는 고된 비행이었다. 쿠다야는 함지땅 쪽으로 방향을 잡고, 가장 먼저 만난 산줄기 너머에서 상승기류를 만났다. 참새만 해질 때까지 기류를 탈 수 있었다. 쿠다야는 날개를 활짝 펴고 꼼짝 않고 청석돌 지붕 같은 하늘에서 활공하고 있었다.

산줄기 끝자락에서 펼쳐진 끝없는 평원, 저 아래 도시에는 거대한 잿빛 건물들이 솟아오르고, 자동차는 추운 공기 속에 매연을 뿜고, 굴뚝은 구름 같은 연기를 토한다. 다알라의 배는 잘 익은 과일처럼 크고 동그랗다. 곧 아기가 태어날 것이고, 리함은 눈과 얼음에 발이 묶여 아직 돌아오지 못했다. 아이보라는 추운 날씨에도 불구하고 노래를 부르며 거리를 지나간다……

갈샨이 갑자기 눈을 떴다. 얼굴과 손이 꽁꽁 얼었다. 오랫동안 그렇게 꼼짝하지 않고 서 있었다는 사실을 갈샨은 뒤늦게 깨달았다. 함지땅 너머에서 갑자기 검독수리가 나타났다. 함지땅, 이 말에 갈샨은 떨 수밖에 없었다. 그 사건이 있고 나서

한 번도 그곳에 가지 않았다. 몇 마리 남지 않은 양들이 차궁으로 내려왔다. 바이타르의 풍성하던 양 떼 중에 살아남은 놈은 오래전부터 추위와 '짐승'의 발톱에 죽어 갔다.

히—익! 히—익!

쿠다야 어르신은 얼음이 덮인 작은 바위 위에 앉았다. 갈샨으로부터 몇 미터 떨어진 바위였다. 방금 사냥한 새를 갈고리 발톱에 꼭 쥐고 있었다. 들꿩이었다. 들꿩은 이렇게 추운 날 어떻게 살아남을 수 있었을까? 하지만 살아 있었다. 쿠다야 어르신이 갈고리 발을 힘 있게 조였다. 들꿩의 척추가 부서지는 소리가 들렸다. 보통의 습관과 달리 쿠다야는 먹이의 배 속에 부리를 꽂아 가장 맛있는 부분을 꺼내지 않았다. 무엇인가 기다리는 것 같았다. 추위를 느끼지 못하는 것처럼 바람에 깃털을 날리고 있었다. 갈샨이 검독수리의 황금빛 눈앞까지 천천히 다가가 들꿩을 향해 손을 내밀었다. 쿠다야가 순순히 먹이를 내줬다. 갈샨에게 먹이를 넘겨준 것이다. 갈샨은 중얼거리며 뒤로 물러났다.

"고마워요. 쿠다야 어르신, 고마워요."

갈샨은 칼을 꺼내 들꿩의 배를 가르고 피가 흐르는 간을 꺼내 쿠다야에게 건넸다. 쿠다야는 먹이를 가지고 멀찌감치 가서 조용히 혼자 먹었다. 갈샨은 그럭저럭 들꿩을 다듬어 난로의 철판 위에 올렸다. 그리고 차에 뜨거운 물을 붓고 고기를 뒤집었다. 불에 익어 가는 고기 냄새는 더할 수 없이 감미로웠다. 갈샨은 가슴살을 잘게 찢어 바이타르의 입에 넣었다. 확신할 수는 없지만 늙은이의 감긴 눈꺼풀 사이로 기쁨의 빛이 반짝하는 것 같았다.

봄

 갈샨은 쇠똥 한 삽을 난로에 넣고 게르의 문을 가만히 닫았다. 며칠 전부터 바이타르의 병세가 몰라보게 좋아지고 있었다. 언제 그랬냐는 듯 열도 내렸다. 바이타르를 숨 가쁜 공포에 몰아넣는 무서운 정신착란도 더 이상 없었다.
 쿠다야 어르신은 힘차게 날갯짓을 몇 번 하더니 영원히 칙칙할 것만 같은 하늘로 날아올랐다. 갈샨은 귀 있는 데까지 옷깃을 세우고 칙칙한 잿빛 겨울 하늘에서 보이지 않을 때까지 쿠다야를 좇았다. 그 후로 매일 아침, 쿠다야는 갈샨의 발아래

잡은 먹이를 내려놓았다. 나무처럼 비쩍 여위고 가죽만 남은 암꿩이었지만 세상에서 가장 좋은 식량이었다. 갈샨은 매번 얼기 전에 사냥감을 다듬어서 제일 맛있는 부위를 검독수리에게 주었다. 쿠다야가 아니면 갈샨과 바이타르는 살아남을 수 없었을 것이다.

언제나처럼 갈샨은 눈을 감았다. 갈샨은 이렇게 검독수리와 함께 꿈꾸는 순간에만 유일하게 추위와 외로움에서 벗어날 수 있었다. 이스탄불의 검정 돌을 벙어리장갑 속에서 꼭 쥐면 이콰투루우의 기억이 풀려나온다. 아주 멀면서 동시에 아주 가깝다. 갈샨은 가끔 이곳, 차궁에서 보낸 날들이 꿈이 아닐까 생각했다. 언젠가 우랄의 우렁찬 엔진 소리가 갈샨을 깨울, 끝나지 않는 꿈이 아닐까? 리함이 우랄의 전조등으로 갈샨에게 신호를 보내고, '아기가 태어났어, 갈샨! 이제 집에 돌아가자.'라고 말할 것 같았다.

백쉰사흘…… 얼마나 남았을까? 사흘? 열흘? 스무날?

히―익! 히―익!

갈샨은 퍼뜩 눈을 뜨고 차가운 공기의 냄새를 맡았다. 공기의 냄새가 바뀌었다. 미묘한 차이였지만 숙영지로 피난한 양들도 그 냄새를 맡은 것 같았다. 양들이 울음을 멈추고 고개를 들어 코를 벌름거렸다.

쿠다야가 갈샨의 발아래 먹이를 놓았다. 하지만 갈샨은 그것에 주의를 기울이지 않았다. 몹시 쇠약해졌음에도 불구하고 멀리 있는 말들이 콧김을 뿜으며 고개를 흔들고, 이리저리 뛰어다니고, 발굽으로 언 땅을 굴렀다. 오후 내내 짐승들은 흥분을 가라앉히지 못했다. 어둠이 내렸어도 말은 계속 울어 댔고 양도 가만히 있지를 않았다. 쿠다야 어르신까지 날개를 퍼덕이며 한밤에 비행을 해야겠다는 듯했다.

갈샨은 여러 번 자리에서 일어나 게르의 문밖을 나섰다. 찬 공기의 채찍질에 살에 불이 붙는 듯했다. 전날 밤만큼이나 음산해서 견디기 어려웠다. 그렇게 추운 한가운데 이전과는 다른 무엇인가가 있었다. 새벽 무렵에야 갈샨은 지쳐 잠이 들었다.

몇 주 만에 처음으로 차궁에 남풍이 불고 있었다.

＊＊＊

밖에서 들리는 알 수 없는 작은 소리에 갈샨은 잠에서 깨어났다. 규칙적이고 맑은 소리였다.

똘랑… 똘랑… 똘랑……

갈샨이 자리에서 일어나 게르의 문을 열고 나갔다. 믿을 수 없이 부드러운 바람이었다. 상처를 어루만지는 것 같은 바람. 손을 뻗어 커다란 고드름 아래 손을 폈다.

똘랑!

손바닥에 물 한 방울이 떨어졌다. 얼음이 녹는다. 한 방울, 두 방울……. 갈샨은 기쁨에 몸을 떨었다. 영상 1~2도밖에 되지 않았지만, 그래도 갈샨은 그렇게 따뜻한 온기를 느껴 본 적이 없는 것 같았다.

"갈샨……."

갈샨이 몸을 휙 돌렸다. 바이타르가 웃통을 벗은 채 돌 위에 앉아 상처에 양 연고를 바르고 있었다. 창백한 얼굴에 웃음이 주름진다.

"네가 아니었다면 그 짐승과 독수리의 저녁밥이 되었을 거야."

"아타스…… 하지만 아타스……."

말끝을 잇지 못하고, 갈샨이 바이타르의 품에 달려들었다.

"살살해라, 갈샨. 내 팔 말이다."

둘은 오랫동안 꼭 끌어안고 있었다. 갈샨의 손끝에 바이타르의 여윈 몸이 느껴졌다. 병상에 누워 있는 동안 늙은이는 뼈를 하나하나 셀 수 있을 만큼 살이 빠지고 말라붙었다. 늙은이가 성한 팔을 들어 갈샨을 살며시 떼어 냈다. 그는 울고 있었다. 갈샨이 생게망게한 눈으로 할아버지를 멍하니 바라보았다. 바이타르가 운다는 것은 상상도 못한 일이었다.

"우리 너무 웃기는 것 같아요."

딸꾹질을 하며 갈샨이 말했다.

"웃어야 할 때 울다니요."

돌아온 일상

눈과 얼음이 녹기 시작하면서 길은 발목까지 빠지는 거대한 진흙 강이 되었지만 힐방 쭈과아는 그런 사소한 장애물에 굴할 사람이 아니었다. 늙은 바이타르 영감이 이번에도 손녀딸을 학교에 보내는 것을 거부하면 법정에 설 수밖에 없을 것이다.

힐방 쭈과아는 오토바이 가방에 서류가 모두 들어 있는지 마지막으로 확인하고, 넥타이를 바로잡고 나서 힘차게 발을 굴러 오토바이 시동을 걸었다. 오토바이는 우렁찬 엔진 소리와 함께 시커먼 진흙을 뒤로 튀기며 부드럽게 출발했다.

 진창을 25킬로미터나 달려야 했다. 뒤쪽이 조금만 가벼워져도 뒷바퀴가 헛돌았다. 마치 비누 위를 달리는 느낌이었지만 세상에 어떤 것도 힐방 쭈과아의 결심을 바꿀 수 없었다. 다브카르 쭈트 때문에 너무 늦어졌다. '차궁 출장은 이번이 마지막이다!' 하고 힐방은 생각했다. 어떻게 그 미친 목동 바이타르가 다브카르 쭈트를 예견할 수 있었을까?

 '자네 평생에 겪은 어떤 추위보다 혹독할 거야.'

 힐방은 아직도 그의 말을 기억하고 있었다. 그런데 그의 말이 맞았다! 하지만 마멋 얘기나 생쥐 얘기는 과학적이지 못하다. 그러니 바이타르는 어떤 전문가로부터 그 정보를 입수했을 것이다. '바이타르가 물어봤겠지.'

 대평원을 양쪽으로 갈라 치는 길은 곧게 쭉 뻗어 있었다. 힐방은 가볍게 속력을 올렸다. 뒤로 진흙 다발이 안개처럼 잘게 부서지며 뿌려졌다. 끝날 것 같지 않던 눈과 얼음과 바람의 날들을 생각했다. 전례 없었던 혹한의 해일 후에 수천 마리의 짐승이 죽었다.

 교육 감독관은 마침내 이렇게 결론을 내렸다. 그 재난이 그렇게 나쁜 것만은 아니다. 대재난은 이 나라의 모든 것을 새로 시작할 수 있는 기회를 줄 것이고 명실상부한 근대화된 나라가 될 수 있는 초석이 될 것이다. 그런 나라에는 바로 자신 같은 사람이 필요하다! 단호하고 결단력 있게 미래를 향해 돌아선 사람!

1년 뒤에 선거가 있다. 그리고 힐방은 구청장 선거에 출마할 것이다. 머릿속에 온통 그 생각뿐이라 힐방은 운전에 주의를 기울이지 못했다. 길은 진흙투성이였지만 그래도 똑바로 뻗어 있었다. 구청장! 그렇다. 사람들이 한 번도 들어 본 적 없는 멋진 연설을 할 것이다.

정면에 트럭 한 대가 나타났다. 엄청나게 큰 트럭이다! 바퀴가 열여섯 개나 달린 괴물이다. 그런데 그 트럭이 힐방에게 길을 열어 주려고 오른편에 붙어 섰다. 잠깐 사이에 그 거대한 쇳덩어리가 눈에 익다고 생각했다. 하지만 더 생각나지는 않았다.

그는 어리석게도 있는 힘을 다해 제동을 걸었다. 뒷바퀴가 멈추며 오토바이가 미끄러지는 것이 느껴졌다. 그리고 순식간의 일이었다. 언뜻 운전사와 열 살 남짓 되는 여자아이가 이야기하고 있는 장면을 보았다. 힐방은 중심을 잡고 급가속했다. 엔진 소리가 요란하게 울리더니 오토바이와 운전사가 진창 속에 처박혔다.

힐방은 벌떡 일어났다. 하지만 머리부터 발끝까지 진흙투성이였다. 는개가 내리기 시작했고 안경알이 하나 빠졌지만 다친 곳은 없었다. 그의 머릿속은 하얘졌다.

트럭 운전사가 힐방을 볼 수 없을 만큼 트럭은 멀어졌다. 힐방은 흙탕물이 뚝뚝 흐르는 장갑 낀 손으로 넥타이를 고쳐 매고 지금 무슨 일이 일어난 것인지, 생각해 보았다. 트럭의 이름만 생각날 뿐이었다.

"지랄 맞은 우랄!"

힐방의 입에서 욕설이 튀어나왔다.

집으로

　리함이 입에 손을 대고 갈샨에게 한쪽 눈을 찡긋했다. 갈샨은 가만히 문을 열고 발끝으로 걸어서 들어갔다. 다알라는 갈샨이 들어오는 것을 알아채지 못했다. 다알라는 앞섶을 열고 아기에게 젖을 물리고 있었다. 붐바야는 코가 찌그러지도록 엄마 젖가슴에 얼굴을 묻고 게걸스럽게 젖을 빨고 있었다. 그리고 가끔 기분이 좋다는 듯 한숨을 쉬었다. 그러다 잠이 들었다. 입가에 하얀 젖이 흘렀다. 다알라가 고개를 들었.
　"내 사랑아!"

다알라가 웃으며 속삭였다.

"드디어 돌아왔구나! 걱정돼서 죽는 줄 알았어! 리함이 몇 번이나 차궁으로 떠났는지 몰라. 그런데 길이 너무 엉망이라 매번 돌아와야 했지. 그곳 소식을 들을 수도 없었어. 그 지역 관청에 전화를 할 수도 없었단다. 전화선이 다 끊겼거든. 한순간도 너를 잊은 적이 없어! 너랑 할아버지랑 무서운 날을 보냈지! 이리 와, 내 옆에 앉아, 우리 못다 한 얘기를 하자꾸나!"

다알라가 품에서 몸을 둥글게 말고 잠들어 있는 붐바야를 가리켰다.

"봐, 이제 너는 언니가 되었어."

갈샨은 엄마 옆에 바짝 붙어 앉았다. 엄마는 갈샨의 팔에 아기를 안겨 주었다. 갈샨은 이콰투루우의 작은 아파트가 많이 낯설었다. 차궁과 너무 다르다.

"이렇게 안으면 돼. 그렇지. 팔을 이리로 해서 머리를 받쳐."

갈샨은 품에 작은 생명을 안고 있는 것이 너무 겁나서 움직일 수 없었다. 붐바야는 가동질하며 하품을 했다. 그리고 작은 소리로 트림을 하고는 언니 품에서 잠들었다.

"이제 얘기 좀 해 봐."

하지만 갈샨은 아무 말도 하고 싶지 않았다. 지금 당장은 그랬다. 갈샨은 엄마 어깨에 머리를 기대고 눈을 감았다. 다알라가 갈샨을 살며시 끌어안았다.

* * *

길에는 아이보라가 친구들과 놀고 있었다. 아이보라는 자신을 바라보고 있는 갈샨을 발견하고 같이 놀자고 손짓했다. 하지만 갈샨은 고개를 가로저었다. 이콰투루우의 친구들과 같이 어울리는 것이 그렇게 쉬운 일은 아니었다. 이곳을 떠났던 그 긴 시간 동안 갈샨은 다른 사람이 된 것 같았다.

정확히 백쉰하루라고 리함이 말했다. 붐바야는 예정일보다 약간 일찍 태어났다. 갈샨은 차궁을 떠난 이후로 하루도 거르지 않고 그곳에 혼자 남아 있는 바이타르를 생각했다. 리함이 몸이 너무 안 좋아 보인다고 이곳에 와서 얼마간 같이 살자고 했지만 다브카르 쭈트가 지나간 후 얼마 남지 않은 허약한 양들을 바라보며 바이타르는 안 된다고 대답했다.

"내 양 떼를 돌봐야 해."

바이타르는 서투르게 담배를 말면서 한마디로 거절했다. 바이타르의 다친 팔은 활발하지 않았다. 갈샨은 바이타르 옆에 《노인과 바다》를 놓고 왔다.

건너편의 고층건물은 햇볕이 전면을 데우고 있음에도 슬픔에 젖은 것처럼 보였다. 갈샨은 콘크리트 굴뚝 너머로 시선을 옮겼다.

"쿠다야!"

갈샨이 워낙에 크게 외쳤기 때문에 다알라마저 깜짝 놀랐다. 하늘 저편에서 까만 점 하나가 빠르게 커지고 있었다. 참새만 해졌다가 비둘기만 해졌다가……

갈샨은 소매를 손목까지 내릴 시간밖에 없었다. 검독수리가 갈샨에게 부드럽게 미끄러져 내려왔다. 갈고리 발톱이 살을 파고들었지만 갈샨은 아무것도 느끼지 못했다.

"가세요, 쿠다야 어르신! 이제 떠나세요. 이제 영원히 자유예요."

검독수리는 금빛 눈으로 갈샨을 바라보다가 히—익, 하고 울더니 날아올랐다. 다알라가 가만히 다가왔다.

"믿을 수가 없구나!"

다알라가 중얼거렸다.

"매일 밤 꿈에 저 검독수리가 찾아와서 네 소식을 전해 주었어."

갈샨이 고개를 끄덕였다. 쿠다야가 앉았다 날아간 팔뚝에서 흘러내리는 피 한 줄기가 갈샨의 눈에 들어왔다.

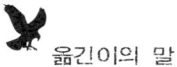 옮긴이의 말

'광야의 늙은이'에게 배우기

광야에서 양 떼 속에 묻혀 홀로 살아가는 '미친 늙은이', 글을 읽을 줄도 모르고 셈을 잘하지도 못하는 늙은이, 평생을 매일같이 말을 타고 산과 들을 뛰어다니는 늙은이, 검독수리를 길들이고 검독수리의 눈으로 세상을 보고 함께 날 수 있는 늙은이, 흩날리는 눈의 생김새와 짐승들을 관찰해서 눈 폭풍을 감지하는 현자 같은 늙은이, 한눈에 병든 양을 알아보고, 양 떼를 지키기 위해 늑대 무리와 맞서 싸우는 늙은이……

이 늙은이는 양 떼와 광야를 버리고 '편안한' 도시로 떠날 생각은 하지도 않는다. 어떤 부류의 사람이 그런 혹독하고 고독한 삶을 바라고 지키는 것일까? 척박하고 황폐하게만 보이는 평원의 생활에 어떤 의미가 있어서 늙은이는 자신의 삶을 지키는 것일까?
엉덩이를 땅에 붙이면 죽는 땅, 두 발로 서 있는 사람만이 살아남는, 가혹한 땅을 어떻게 사랑하며 살아갈 수 있을까? 이해하기 어렵다.

하지만 바이타르와 함께 몽골 평원의 혹독한 겨울을 보내며 소녀 갈샨의 삶이 더욱 풍요로워졌다는 것은 분명하다. 소녀 갈샨은 무엇을 배우고 깨달았을까?

2300년 전, 아리스토텔레스라는 이가 사람은 행복하기 위해 살아야 한다고 말했다. 굳이 배우지 않아도 누구나 행복한 삶을 추구한다. 현재의 우리도 역시 행복을 향해 달려간다.
우리가 행복을 추구하는 방식은 좀 독특한데, 처절한 경쟁을 통해 행복을 얻으려 한다는 것이다. 더 좋은 학교에 가고, 더 조건이 좋은 직업을 얻어 경제적으로 풍요로워지면 행복해진다고 가르치고 배운다.
하지만 개인적인 경험을 되짚어 보고, 교육에 대한 사회적 논의를 들어다보아도, 그렇게 치열한 경쟁을 통과해서 얻게 되는 행복의 정체가 무엇인지 알 수가 없다. 행복이 무엇인지, 어떻게 행복한 삶을 이뤄 갈 것인지, 어떤 조건에서 행복할 수 있는지에 대해서 말하는 목소리는 들리지 않는다.

어쨌거나 우리 사회가 추구하는 행복과 밀접하게 관련된 것은 경쟁과, 경제적 풍요, 이 둘이다. 일단 행복이 경쟁을 통해서 얻어진다는 것은 수긍하기 어렵다.

금이나 석유는 유한한 자원이다. 공급이 수요를 초과하면 가치가 올라가고 자연히 자원을 획득하기 위한 경쟁이 발생하게 된다. 그리고 경쟁에서 승리하는 이가 자원을 차지하게 된다. 행복이 유한 자원인가? '행복 광산'이 세상 어디에 따로 있고, 행복의 매장량도 정해져 있는 것인가?

행복은 경제적 풍요와 필연적으로 관련되어 있는 것도 아니다. 2009년 7월 4일 영국 신경제재단이 발표한 국가별 행복지수를 참조하면 우리 대부분이 이름만 알고 있는 코스타리카가 1위, 도미니카공화국이 2위를 차지했다. 잘산다는 나라들을 보면, 네덜란드 43위, 대한민국은 68위, 일본이 75위, 미국이 114위였다. 발표하는 기관과 조사 기준에 따라 차이는 있지만, 해마다 한 번씩 접하게 되는 국가별 행복 지수가 그 나라

의 경제적 역량과는 별 관계가 없다는 결론은 항상 똑같았던 것 같다.
'부유하다고 행복한 것은 아니다.', '학교 성적이 인생의 가치를 결정하는 건 아니다.' 이런 말들이 너무 식상한 표현이 되어서 말을 꺼내기조차 참 민망하지만, 한 가지는 분명히 짚고 넘어가고 싶다.
'행복', '진정한 삶의 의미', '삶의 지혜', '용기'……
주변에서 흔하게 이러한 가치를 발견할 수 있는 것도 아닌데 우리 귀에는 상투적으로 들리는 사회, 또 이런 가치들이 진부하고 전혀 유용하지 않은 사회는 어떤 사회일까? 청소년과 청년들의 마음속에서 순수한 꿈이 사라진 사회의 앞날은 어떤 모습일까?

그런데 갈샨은 과연 광야의 늙은이에게서 무엇을 배운 것일까?

2010년을 맞이하며, 김동찬

153일의 겨울

초판 1쇄 펴낸날 2010년 2월 10일
초판 6쇄 펴낸날 2014년 6월 20일

글 자비에 로랑 쁘띠 | 옮김 김동찬
펴낸이 서경석
편집인 서지혜 | **마케팅** 서기원 | **제작·관리** 서지혜, 고정아
펴낸곳 청어람주니어 | 출판등록 2009년 4월 8일(제 313-2009-68호)
주소 경기도 부천시 원미구 부일로 483번길 40 서경빌딩 3층 (우)420-822
전화 032)656-4452 | **팩스** 032)656-4453
전자우편 junoorbook@naver.com
까페 http://cafe.naver.com/chungeoramjunior

ISBN 978-89-93912-22-7 43860

※이 책의 내용 일부 또는 전부를 재사용하려면 반드시 저작권자와 청어람주니어 양측의 동의를 얻어야 합니다.